Non provocarmi

Uomo d'onore
Libro 1

Renee Rose

Ema Ferrari

 Creato con Vellum

OTTIENI IL TUO LIBRO GRATIS!

Iscrivetevi alla newsletter di Renee per ricevere Indomita, scene bonus gratuite e notifiche riguardo a nuove pubblicazioni!

https://subscribepage.com/reneeroseit

Capitolo uno

L *exi*

Atterrai a Newark con nient'altro che caffè nello stomaco e un dolore al petto.

Avrei dovuto essere entusiasta. Era la prima settimana del mio nuovo lavoro in un'azienda di prodotti per capelli, un enorme passo avanti per una parrucchiera indipendente. Avevo appena partecipato a un workshop di tre giorni in una gremita sala conferenze di un hotel di Las Vegas. Come parte della mia formazione, ne avevo in programma altri tre: Denver, Los Angeles e Tucson, poi avrei iniziato a fare la trainer, insegnando io stessa.

«Lexi Tyler?»

Scattai e mi trovai davanti una donna dall'aspetto cupo e un uomo dalla faccia anonima in giacca e cravatta che mi bloccavano la strada.

«Sì? Cosa sta succedendo?»

La donna mi mostrò un documento. «Sono Tracy

McGalicaster dell'FBI. Vorremmo farle alcune domande.»

Cercai di guardarmi intorno, come se la risposta fosse sul nastro, insieme alla valigia. «Ehm... no, grazie» annaspai.

«Non è una scelta» disse seccamente McGaliscaster. «Sully prenderà la valigia. Venga con me.»

Mi guardai di nuovo intorno, sperando ancora in qualche modo che qualcuno potesse intervenire, o spiegare che avevano fermato la persona sbagliata. La donna mi afferrò l'avambraccio e mi trascinò fuori dall'aeroporto, a una berlina in attesa. Il suo collega arrivò dieci minuti dopo con la mia valigia e salì accanto a me.

«Cosa sta succedendo?»

«Le faremo delle domande, signorina Tyler.»

«A proposito di cosa?»

Nessuno dei due agenti rispose.

Mi morsi il labbro.

Bobby.

Volevano informazioni su Bobby. Ecco cosa mi meritavo per essermi fatta coinvolgere da un boss mafioso. Avrei dovuto saperlo. Non solo mi aveva colpito il cuore, ma ora la mia testa era sul patibolo dell'FBI.

Mi attraversò un gelido terrore.

Mi portarono in un piccolo ufficio arredato con nient'altro che poche sedie e un tavolo. «Siediti» mi ordinò la donna.

Scostò la sedia strisciandola sul pavimento, e il suono riecheggiò contro le pareti vuote.

Mi leccai le labbra secche, bisognosa di una bottiglia d'acqua.

«Signorina Tyler, da quanti anni fa l'hair stylist?»

«Ehm... dodici?»

«Me lo sta chiedendo o sta rispondendo?»

Guardai la donna e non dissi nulla. Aprì una cartella e visionò alcuni documenti. «Ho qui le sue dichiarazioni dei redditi degli ultimi dodici anni. In dodici anni non ha mai, neanche una volta, dichiarato le mance.»

«E quindi?» Strinsi i denti.

«Quindi lo trovo insolito. È davvero tanto incapace che nessuno – in dodici anni – le ha mai dato la mancia?»

Incrociai le braccia sul petto e le lanciai un'occhiataccia.

«Mi sembra improbabile. La risposta migliore che mi viene in mente è che ha frodato il governo, Lexi.»

«È ridicolo!» borbottai. «Quanto crede che faccia in mance in un anno? Non abbastanza da pagarci le tasse, posso garantirlo. Ma ha visto quanto guadagno in un anno? Non sono esattamente nella fascia fiscale più alta.»

«Non importa. Deve tutte le tasse arretrate, oltre a interessi e sanzioni. Poi ci sono le ramificazioni legali. Questa è frode fiscale, e sarà facile da dimostrare.»

Aspettai. Sapevo che c'era dell'altro.

«Potrebbe finire in carcere. E dubito che il suo nuovo datore di lavoro le terrà il posto quando scoprirà che deve prendere un congedo di assenza.»

Affondai le unghie nelle braccia.

«A meno che, ovviamente, non scelga di collaborare.»

Non dissi nulla. Avevo visto troppi polizieschi per non sapere esattamente dove avrebbe portato la conversazione.

«Vorremmo informazioni su Bobby Manghini» disse Sully.

Capitolo due

Sei settimane prima

B*obby*

Accettai il sigaro cubano da mio cugino Al e lo accesi.

«Sei in ritardo, *stronzo*» mi ruppe le palle, anche se l'unica cosa per cui ero in ritardo era una partita a poker con gli altri Uomini d'onore. Ma fare il rompipalle era suo diritto. Come don della famiglia, era il mio capo e il tizio che ammiravo da tutta la vita.

«Lo so. Scusa. C'era un casino in ufficio.» Eravamo nella lounge privata dello Swank, la discoteca costruita dalla mia impresa come quartier generale non ufficiale della squadra.

«C'è qualcosa che devo sapere?» Al tagliò il sigaro e fece roteare il ghiaccio nel bicchiere.

«No.» Scossi la testa. «Problemi con i permessi. Il solito. Niente che non sappia gestire.»

Possedevo e gestivo la società edile e quella immobiliare di famiglia, che tenevo per lo più come copertura e che usavo per instaurare favori e accordi con i politici. Joey riciclava i soldi sporchi della famiglia attraverso la mia attività e la discoteca.

«Se vuoi che mi occupi di qualcuno, devi solo dirlo.» Carlo, il nostro più giovane e spietato cugino siciliano, stava impilando le patatine. Era il protetto di Al. Joey, il fratello minore di Al, era tecnicamente in linea di successione per il trono, ma non ero mica sicuro che ci tenesse tanto quanto Carlo. Quindi avrebbe potuto esserci una resa dei conti tra i due per decidere chi sarebbe diventato il braccio destro di Al. Per ora, Joey era il contabile della mafia. L'unico di noi che era andato al college.

«Un Glenlivet con ghiaccio» dissi a Gina, la cameriera che era entrata con un vassoio pieno di drink. Si scopava Leo, uno dei buttafuori.

«Gliel'ho già preso, signor Manghini.» Mi posò un tovagliolo da cocktail di fronte e mise giù il drink.

«Ti prendi proprio cura di me, tesoro.» Le diedi una banconota da cento dollari, perché apprezzavo un cazzo di servizio come si deve, e Gina ci sapeva fare.

Lei la prese ma esitò, e io alzai lo sguardo.

«Ehm, la sua... ehm... *Stacy* chiede di vederla.»

Stacy. Cazzo. Era il mio ultimo giocattolino. Una spogliarellista che mi ero piazzato nell'appartamento in centro perché fosse a mia disposizione. Per un paio di mesi aveva funzionato, ma poi era diventata una rottura di palle.

Era dipendente dalla cocaina, dai miei soldi e dal dramma.

L'avevo mollata tre settimane prima, ma le mancava la gallina dalle uova d'oro.

«Potresti *gestirla* tu per me?» chiesi a Carlo, e il resto della tavolata rise.

Sbuffò. «Non mi prendo gli avanzi degli altri, *cuginetto*. Anche se è sexy. Potrei sbattermela una volta.»

Carlo non aveva fidanzate da quando si era trasferito in America. Come me, sembrava preferire le spogliarelliste e nessun impegno. Anche se nel suo caso sospettavo che l'esitazione avesse tutta a che fare con la figlia di Al, Summer. Vedevo come la guardava, dall'altra parte della stanza. Quanto faceva il protettivo quando era nei paraggi.

Dubitavo che ci avrebbe provato con lei però, perché Al lo avrebbe ucciso. «Dille di andarsene» dissi. Non era giusto da parte mia fare di Gina la messaggera, ma avevo chiuso con quella lì. Inoltre, ero già seduto e Al era pronto a iniziare la partita. Non avevo voglia di alzarmi per andarmene da solo da lei.

«Se non se ne vuole andare, chiedi a Leo di buttarla fuori.»

«Ho capito.» Gina si mosse rapidamente per la stanza, svuotando il posacenere di Al e raccogliendo i bicchieri usati.

«Mi dispiace farti fare la parte della cattiva.»

«No, non c'è problema.» Si toccò la tasca del grembiule, dove era scomparsa la banconota da cento. «Le guardo io le spalle con le signore.» Scivolò fuori dalla porta.

Joey sbuffò mentre distribuiva le carte. «Hai problemi a gestirti le signorine, Bobby?»

«Sì. E vaffanculo, *stronzo*.»

«Ma dai.» Al mi inchiodò con uno sguardo da duro. «Quella lì sta diventando un problema?»

Oh, cazzo.

La famiglia si innervosiva parecchio riguardo a chi portavamo dentro e fuori dalle nostre vite. Riguardo a quello che sapevano. Riguardo a cosa succedeva loro quando rompevamo. Al mi stava chiedendo se Stacy sapeva qualcosa ed era abbastanza pazza o manipolatrice da rivoltarsi contro di me. Da mettersi il microfono e diventare un'informatrice. O da andare a letto con uno delle altre famiglie del crimine organizzato. Fondamentalmente, voleva sapere se c'era bisogno di metterla al suo posto. Perché alla famiglia i cani sciolti non piacevano. Nemmeno quando si trattava di ex giocattolini del sesso.

«No, non è un vero problema. Non è niente» dissi. Meglio allentare subito questa merda.

Joey bevve un sorso di grappa. «Forse se smettessi di uscire con spogliarelliste e ti sistemassi con una vera donna, non saresti perseguitato da pazze ex.»

«E dov'è la tua *vera donna*?» Presi le carte. «Mi pare che non ti porti dietro nessuna che valga la pena tenere.»

«Vero, vero» ammise Joey. «Ma la sto cercando. Inoltre, non ho l'abitudine di tenermi le donne di scorta come fai tu.»

«Già, cosa sta succedendo?» Al posò il sigaro nel posacenere per aprirsi le carte davanti. «È come se pensassi ancora di essere sposato.»

Avevo divorziato cinque anni prima e, per la cronaca, non avevo mai avuto una donna di scorta mentre avevo una moglie, nemmeno quando il matrimonio andava di merda. Ma Al aveva ragione, ora stavo sicuramente trattando le donne come ruote di scorta, nulla di primaria importanza. Ma così preferivo vivere. Mi piaceva giocare allo sugar daddy.

«È più facile.» Feci spallucce. «Mi prendo cura di loro finanziariamente e loro si mettono a mia disposizione. Io sono al comando. Funziona alla grande per entrambi.»

Quando vestivo i panni dello sugar daddy, c'era un accordo commerciale non detto o comunque appena accennato. La donna riceveva un beneficio economico in cambio di disponibilità. E adoravo mantenere il potere sulla mia donna. Mi eccitava. Ero buono con loro, non fraintendetemi. Viziavo le mie ragazzacce. Ed era per questo che riuscivo ad avere quello che volevo. Se la volevo in ginocchio, glielo dicevo. Se la volevo sulle mie ginocchia, ce la mettevo. Non dovevo portarla a eventi familiari né presentarla alle mie figlie.

«Fino a quando non si rivela una psicopatica.» Carlo indicò con il pollice verso la porta che conduceva al salone principale.

«Sì, c'è quel problema.» Mi sembrava che fosse il mio cazzo a decidere quando si trattava di donne.

Un altro motivo per tenerle lontane e non permettergli di farsi spazio nella mia vita. Visto il nostro business, era troppo pericoloso. Mai mischiare psicosi con *la famiglia*. La mia gente rischiava la vita. Avevo chiuso con le pazze appiccicose.

Il prossimo accordo sarebbe stato chiaro. Al primo segno di attaccamento emotivo, mi sarei chiamato fuori.

«E tu, Dean?» Spostai l'argomento su uno degli altri sicari, la cui moglie aveva partorito sei mesi prima. «Come va in famiglia?»

Afferrò il sigaro. «Bene, bene. Olive comincia a stare seduta. Carinissima, cazzo. Jessie sta facendo un ottimo lavoro.»

«Non è incazzata perché stasera sei uscito con noi?»

Sorrise. «Ho negoziato un accordo. Io vengo alla serata del poker e lei se ne prende una tra donne, il che è essenzialmente un club del libro dove bevono vino e parlano di romanzi d'amore hot. Torna a casa pronta a mettere in pratica ciò che ha letto, quindi ci guadagno anch'io.»

Ridemmo. Dolce, ma non mi mancava affatto una donna a cui rendere conto. Non mi sarei mai più infilato in quella merda.

Lexi

Mi appollaiai su uno sgabello vicino all'angolo dove le cameriere piazzavano gli ordini e preparavano i drink. Non avevo alcun motivo di stare lì, considerato che quella settimana ogni dollaro guadagnato tagliando i capelli era destinato sia all'affitto di casa sia a quello del salone, ma era venerdì sera, e meritavo un po' di divertimento. Ne avevo bisogno.

Mi trovavo allo Swank, la discoteca dove la mia migliore amica Gina lavorava come cameriera.

«Ho appena ricevuto una mancia da cento dollari.» Apparve al mio fianco e spostò i bicchieri dal vassoio al bancone. Il barista li prese rapidamente e li caricò nella lavastoviglie sotto il bar.

«Sei seria? Accidenti, sono tanti. Non assumono al momento, giusto?»

Il barista, Stan, ci sentì e scosse la testa mentre le mani volavano per mescolare bevande.

«Non è che puoi mettere una buona parola per me la prossima volta che si apre una posizione? Mi aiuterebbero un po' di mance così.»

Gina consegnò a Stan il foglietto con le ordinazioni e mi lanciò uno sguardo comprensivo. Sapeva che ero in gravi difficoltà finanziarie. L'incidente d'auto dell'anno precedente mi aveva lasciata con una pila di spese mediche, e per due mesi non ero riuscita a lavorare perché non mi reggevo in piedi. Da allora mi ero messa in moto per recuperare, ma senza molta fortuna. Al momento ero in ritardo di tre mesi interi di affitto sia a casa sia al salone.

«Ti fai già il culo al salone» disse Gina. «Non hai bisogno di un secondo lavoro. Quello di cui hai bisogno è uno sugar daddy.»

Il ragazzo in piedi vicino a me – quello che si era avvicinato e si era comportato come se stesse per attaccare bottone ma non avesse ancora trovato il coraggio – si schiarì la voce.

Lo ignorai e alzai gli occhi verso Gina.

«Non credo che esista.»

«Oh, esiste» disse con totale convinzione. Puntò la testa verso la stanza sul retro, l'area privata dove si ritrovavano i proprietari.

Sapevo chi intendeva. Lo Swank era di proprietà della mafia.

«Quelli lì?» Non mi sarei fatta coinvolgere in quella follia per niente al mondo. «No, grazie.»

«Lascia solo che ti presenti. Ce n'è in particolare che potrebbe essere perfetto per te.»

«Quello che lascia le mance pesanti?» Chissà perché glielo chiedevo. Non ero interessata alla sua idea. Niente affatto.

«Sì, quello delle mance pesanti. È sexy e gli piace fare lo sugar daddy.»

Percepivo che il ragazzo accanto a me voleva inserirsi di nuovo nella conversazione, ma continuai a ignorarlo.

«Faresti meglio a stare attenta; se Leo ti sente dare del sexy a un altro, gli stacca la testa dal collo.» Leo era il suo fidanzato tutto tatuato e muscoloso che lavorava come buttafuori allo Swank. Era pazzo di Gina, ma anche possessivo e geloso quando si trattava della sua attenzione.

«Beh, non a questo qui, ma sì. Gli verrebbe la voglia.» Il suo sguardo attraversò in automatico il club fino alla porta di Leo, e guardò ogni centimetro del robusto e tosto buttafuori. Lui la beccò a guardarlo, e si sorrisero.

La sua espressione divenne all'improvviso mielosa.

Che dolce. Dovevo ammettere che a volte ero gelosa di loro.

Il barista finì di preparare tutti i drink di Gina, e lei li caricò sul vassoio e se ne andò.

«Posso offrirti da bere?» mi chiese il ragazzo che stava accanto a me. Volevo rifiutare all'inizio quando avevo percepito il suo interesse, perché non era il mio tipo, ma vabbè. Bevevo letteralmente acqua frizzante ghiacciata, perché ogni dollaro che avevo era destinato all'affitto. C'era un avviso di sfratto sulla porta dell'appartamento di cui dovevo occuparmi, prima della scadenza e prima di finire per strada. Secondo Gina, magari avrei anche potuto farmi viziare, per una volta.

«Sì, va bene. Prendo un Moscow mule.»

Lui fece un gesto al barista, e mi servì subito perché sapeva che ero amica di Gina.

«Come ti chiami?» Dovette gridare per farsi sentire sulla musica, che era stata alzata mentre il club passava dal momento lounge alla discoteca.

«Lexi» gli dissi.

«Piacere, Jayden.» Tese la mano e io la presi. Era sudato, e la stretta fu imbarazzante. Argh. Mi stavo già pentendo di aver accettato da bere se significava che sarei rimasta bloccata a fare chiacchiere imbarazzanti con uno sconosciuto per il resto della serata. «Che lavoro fai?»

«L'hair stylist.» Mi guardai intorno per vedere dov'era Gina. Per capire quanto tempo sarebbe passato prima che venisse a salvarmi. Ma il locale si stava riempiendo. Era impegnata con i tavoli lungo le pareti, pieni di nuovi clienti. Probabilmente non avrebbe avuto molto tempo per stare con me, oggi. «E tu?»

«Sono nelle vendite.»

Vendite avrebbe potuto significare qualsiasi cosa. Avrebbe anche potuto essere uno di quelli che se ne stavano con i cartelli all'angolo della strada. Dubitavo che vendesse qualcosa di troppo spettacolare, in base al modo in cui era vestito e al suo comportamento. Non lo stavo giudicando, lo stavo solo osservando. Non ero una che giudicava la situazione finanziaria altrui quando la mia era così schifosa. Eppure questo ragazzo non faceva affatto per me. Faticai a chiacchierarci mentre bevevo il drink, che ormai era per lo più ghiaccio comunque, quindi lo poggiai sul bancone.

Jayden fece cenno al barista per ordinarne un altro, ma io scossi la testa.

«Sono a posto, grazie.» Scivolai giù dallo sgabello su cui ero appollaiata. Se non mi fossi mossa subito, non sarei stata in grado di mollarlo.

«Grazie per il drink. Me ne vado.»

«Cosa? Non puoi andartene ora, le cose stanno iniziando a riscaldarsi adesso.»

Feci la faccia triste per finta. «Lo so, ma domani lavoro. Mi serve un bel sonno di bellezza.»

Mi prese per il braccio.

Strinsi i denti per evitare di scrollarmelo di dosso.

«Solo un altro drink» si lagnò.

«No, sono a posto. Grazie, però. È stato bello parlare con te.» Sfortunatamente, il barista arrivò con il mio drink, senza capire o ignorando il fatto che non lo volevo.

«Te l'ha già portato. Ora devi restare.» Fece un sorriso che ero sicura volesse essere affascinante. Facevo schifo in situazioni come questa. Davvero. Ero stata cresciuta come una brava ragazza. Come una sempre gentile e educata. Come una che non ferisce mai i sentimenti di nessuno e che non offende mai. Che sorride sempre.

Il che mi rendeva difficile capire come fare a dire di no quando qualcuno era invadente. Quindi mentii. «Ok, va bene. Vado solo un attimo in bagno.» Ero una vigliacca. Senza dubbio. «Torno subito.»

Andai verso il retro del club e feci un salto al bagno delle donne: quella parte non era una bugia. Solo la parte che riguardava il ritorno. Uscii e mi diressi verso la porta sul retro. Era un'uscita di sola emergenza, ma probabilmente potevo convincere il buttafuori di stanza lì ad aprirmela, dato che ero amica di Gina e conoscevo Leo. Solo che mi fermai quando delle dita si strinsero intorno al mio braccio e Jayden mi tirò indietro. «Ahi!» Guardai il mio corteggiatore indesiderato, che apparentemente a quel punto si riteneva in diritto di incazzarsi.

«Dove stai andando?» chiese, come se gli avessi appena fregato cinquecento dollari o un biglietto per Parigi o qualcosa del genere.

Aprii e chiusi la bocca cercando di capire se dire la verità o mentire di nuovo. Mi sa che la messa in scena era finita.

Cercai di liberare il braccio, ma lui resistette.

«Devo davvero andare.»

«Ti ho pagato due drink» mi accusò.

Apparentemente, ora gli dovevo il mio primogenito.

«È stata una tua scelta. Non te l'ho chiesto. Anzi, il secondo ho anche cercato di rifiutarlo. Ora lasciami andare.»

Mi strattonò più forte. Mi avrebbe lasciato i lividi sul braccio, con quelle dita.

«Stronzate; ti ho sentito dire alla tua amica che volevi uno sugar daddy.»

Non avrei affrontato questa conversazione. «Lasciami andare.»

Invece strinse più forte. Stavo per fare una scenata nella speranza che il buttafuori alla porta se ne accorgesse e cacciasse il tipo, quando un altro eroe si presentò a salvare la situazione. Un eroe italiano molto ben vestito.

«Lasciala andare.» Afferrò Jayden per la gola e lo spinse contro il muro. Jayden mi lasciò andare e rimase bloccato lì, con il lato del viso schiacciato contro l'intonaco.

«Ti sta dando fastidio?» ringhiò il mio soccorritore in un rombo burbero e roco. Era un uomo estremamente sexy e più grande di me, con una presenza dominante. Uno dei proprietari, quindi.

Un boss mafioso.

La brava e bella ragazza che c'era in me avrebbe detto *no*. Perché lamentarsi delle persone non era educato. Ma ero troppo incazzata. Mi strofinai i segni rossi sul braccio, dove mi aveva stretto. «Sì.»

Il soccorritore rivolse l'attenzione a Jayden. «Quando una donna dice di no, tu ti levi dal cazzo. *Capito?*»

«C'è un problema, signor Manghini?» *Ora* era arrivato il buttafuori.

Era robusto e tatuato come Leo, ma era comunque il boss – il signor Manghini – a sembrare ancora l'uomo più pericoloso nei paraggi. «Hai bisogno che ti dia una lezione di buone maniere?» chiese Manghini. Quando Jayden non rispose, lo scosse per la gola. «Allora?»

«No.»

Jayden suonava ancora petulante, ma il viso gli stava diventando rosso per mancanza di ossigeno, quindi forse stava recependo il messaggio.

Manghini sbuffò e lasciò lo stalker, spingendolo contro il buttafuori. «Caccialo. Stava aggredendo una cliente.» Poi alzò una mano e mi guardò. «A meno che tu non voglia denunciarlo.»

Tremavo tutta, ma a parte i lividi sul braccio stavo bene. «No.» Feci per aggiungere che andava tutto bene, ma mi morsi la lingua. Non andava tutto bene. Perché mai avrei dovuto dirlo?

Il buttafuori trascinò via Jayden e lo scagliò fuori dalla porta sul retro, e Manghini fece scivolare delicatamente il palmo della mano sulla pelle che stavo strofinando. Le sue dita erano grandi. Sembravano forti. Ero sicura che avrebbe potuto soffocare Jayden a morte solo con quella mano, se avesse voluto. Per una qualche ragione, mi ritrovai a chiedermi cos'altro potesse farci, con quelle mani. Come sarebbe stato avere mani tanto dominanti sul mio corpo in modo completamente diverso.

«Ti ha fatto male.» Il suo caldo sguardo nocciola mi esaminò il viso. Odorava di scotch e sigari, ma non in modo sgradevole. «E stai tremando. Mi dispiace quello che ti è successo. Ti porto da bere, così ti calmi i nervi.»

C'era da pensare che dopo quello che era appena successo non avrei mai permesso a un altro di offrirmi da bere, ma c'era qualcosa di completamente diverso nelle vibrazioni di questo qui. Chissà perché, ma ero sicura che non fosse abbastanza sgradevole da pensare che un drink gli avrebbe garantito il sesso, e ovviamente era convinto che *no significasse no*. «Grazie...» Annuii. «Mi piacerebbe.»

«Sono Bobby.» Tese una mano.

«Lexi.» Misi la mano nella sua, calda e forte. In effetti, questa era l'energia che irradiava: forza calda. Almeno per me, comunque. Con Jayden era stato duro e freddo. Spietato, addirittura. Bobby era alto più di un metro e ottanta, con spalle larghe perfettamente avvolte in un abito Armani. Avrà avuto tra i quaranta e i cinquant'anni, con una mascella forte e un naso aquilino. Occhi scuri con ciglia lunghe.

Mi toccò appena la schiena per guidarmi di nuovo verso il bar. La porta che conduceva al salotto privato si aprì. «Bobby, che fai? Torni?» lo chiamò da lì uno in giacca e cravatta.

«No.» Non distolse lo sguardo da me quando lo disse. Era una strana sensazione avere l'attenzione piena e completa di qualcuno. Cercai di capire perché sembrasse diversa dall'attenzione di Jayden. Jayden risultava invadente, mentre questo qui mi faceva formicolare dappertutto. Come se le mie cellule si stessero animando solo per il fatto di essere in sua presenza.

«Sei il proprietario?» chiesi mentre mi accompagnava per il corridoio affollato che conduceva al bar.

«No, il locale è di mio cugino. Ma l'edificio l'ha costruito la mia azienda.»

«Ah. Peccato, stavo per chiederti un lavoro.» Regolai la cinghia della borsa sulla spalla.

Alzò le sopracciglia. «Ah sì? Hai bisogno di un lavoro, bambolina?» Ancora una volta mi scrutò intensamente. Non fu nulla di sessuale, ma il mio corpo rispose sessualmente. Ondate di calore tra le gambe. I capezzoli mi si indurirono e formicolarono.

«Un secondo lavoro» ammisi. «Ho un lavoro diurno, ma mi piacerebbe fare qualche turno serale o nel fine-settimana.»

Arrivò Stan. «Un altro mule?»

«Sì. Mi dispiace, ho lasciato l'ultimo.»

«Cosa posso portarle, signor Manghini?»

«Un Glenlivet con ghiaccio» rispose Gina per lui, apparendo accanto a noi. «È lui quello di cui parlavo.» Mi urtò con i fianchi, e desiderai che la terra si aprisse e mi inghiottisse.

«Ah sì?» Bobby scrutò la mia faccia, poi la sua. «Cosa le hai detto?»

«Volevo solo che vi conosceste.» Fece un sorrisetto malizioso. Probabilmente si vedeva come un Cupido per Sugar daddy. Esisteva una cosa del genere? Dovrebbe, assolutamente. «Ho la sensazione che andreste d'accordo.»

Chiaramente Bobby non credette alla stronzata, perché strinse gli occhi e inclinò la testa. «Ma dai.»

«Lexi ha bisogno di uno sugar daddy.»

«Oh mio Dio.» Mi misi una mano sugli occhi, come se

non riuscendo a vedere Bobby lui non potesse vedermi. «Adesso mi ammazzo.»

Bobby mi tirò via le dita dal viso. «Vuoi uno sugar daddy?» Sembrava divertito.

«Non l'ho detto io. È una fantasia di Gina. Io ti ho chiesto un lavoro, ricordi?»

Il suo sorriso era caldo. «Potrei essere disponibile per quella situazione.»

Situazione.

Sussultai quando improvvisamente mi resi conto di cosa si trattava. «Oh no.» Scossi la testa e feci un passo indietro. «Non esco con ragazzi sposati.»

Alzò il dorso della mano sinistra per mostrarmi che non c'erano anelli. «Non sono sposato. L'ho fatto una volta. Non lo farò più.»

«Ah.» Respirai affannosamente come se stessimo camminando velocemente, anche se eravamo fermi. «Non sono una prostituta» sparai d'impulso l'ennesima paura che mi venne in mente.

Aprì le labbra. «Non lo pensavo.» Mi porse il drink quando arrivò. Mi stava ancora studiando. «Sembra che tu abbia solo bisogno di qualcuno che ti vizi un po'. Giusto, bambolina?»

Viziarmi.

Nessuno mi aveva mai viziata in tutta la mia vita, decisamente. Avevo frequentato giocatori e imbroglioni. Si preoccupavano più di loro stessi e di quello che potevo fare io per loro che viceversa. Non che avessi accettato l'idea di Gina del protettore che mi facesse da sugar daddy, ma il pensiero si stava decisamente facendo strada dentro di me. Soprattutto, o forse solo, perché Bobby era l'uomo in questione.

Non che pensassi che mi volesse. Insomma, non sapevo come funzionava. C'era un modulo di iscrizione da compilare? Un modo per candidarsi? Forse aveva bisogno di un curriculum che delineasse le mie caratteristiche migliori. Raccomandazioni, forse, da un amante del passato. Qualcosa del tipo, *fa dei pompini fantastici ma è un po' bisognosa.*

Mi resi conto che stava aspettando una risposta. Mi leccai le labbra. «Sì, forse» ammisi. Oddio. Dovevo essere arrossita. Sentivo il viso più caldo del normale di circa cinquanta gradi.

«È *senza dubbio* quello di cui ha bisogno» garantì Gina per me. *Giusto per metterla là, sul piatto, ragazza.* Di sicuro non era una che ci girava intorno. «E poi è incredibile. Una brava persona. Nessun dramma. Farebbe qualsiasi cosa per un amico. Inoltre è un'hair stylist di grande talento.»

«Non sono sicura che siano queste le qualità che sta cercando per, ehm, per la sua... be', quello che è» borbottai.

Bobby ridacchiò. Tirò fuori dalla tasca una banconota da venti dollari e la offrì alla persona che aveva occupato lo sgabello su cui stavo prima. «Ti offro quello che hai bevuto se lasci il posto alla signora» disse.

Cercai di negare quanto fosse piacevole che si prendesse cura di me. Da quant'era che nessuno si prendeva cura di me?

Ah, già: da mai nella vita. La mamma faceva turni di

dodici ore come infermiera quando ero piccola, quindi io e mia sorella eravamo bambine regine della casa. Papà viveva a Pittsburgh, quindi non stavamo da lui tanto, e comunque viveva con la sua ragazza e i suoi figli, quindi la sua attenzione era tutta per loro.

Il tipo afferrò i venti dollari e lasciò il posto, e Bobby mi mise le mani sulla vita e mi ci fece salire. Quando mi sedetti, tenne le mani lì e mi fece l'occhiolino. Lo sentii nel mio nucleo, nella pancia che sfarfallava, nei muscoli del pavimento pelvico che si sollevavano. Va bene, wow. Stavo sicuramente sentendo una connessione.

Gina prese il vassoio di drink e sparì con un sorriso.

Lo sguardo di Bobby si insinuò sui segni arrossati del braccio lasciati dalle dita di Jayden, e si agitò, sfiorandomi di nuovo la pelle con la parte posteriore delle dita. «Avrei dovuto ucciderlo per averti toccata.»

Mi attraversò un brivido, perché sospettavo che dicesse sul serio. Che avesse già ucciso.

Avrei dovuto avere paura. O almeno scoraggiarlo. Gli uomini civili non facevano ricorso alla violenza.

Ma non avevo paura. Ero eccitata.

Bobby

Lexi rabbrividì un po', ma i capezzoli erano in fuori, come per l'eccitazione.

Era proprio sexy. Aveva eleganti capelli castani con bagliori d'oro e mogano, tagliati all'ultima moda, quindi ricadevano in morbide ciocche ondulate intorno al viso.

Zigomi alti e grandi occhi azzurri le conferivano una bellezza seducente.

«Quindi fai i capelli?»

Lexi annuì. Era attenta, gli occhi fissi su di me come se fosse desiderosa di compiacermi. Mi venne duro nei pantaloni.

«Non c'è da stupirsi che tu abbia un bell'aspetto.» Non sembrava scoraggiata da un approccio deciso. La volevo sicuramente, almeno per quella notte. La valutavo dal momento in cui avevo sentito quello *stronzo* sul retro dirle che stava cercando uno sugar daddy. Sapere cosa voleva una ragazza rendeva le trattative molto più chiare. Infinitamente più facili. Sapevo che se voleva uno sugar daddy era anche disposta a darmi quello che volevo.

Le redini. Il controllo.

Mi avrebbe lasciato comandare.

Era un accordo chiaro, esattamente quello che stavo cercando. Potevo già dire che era una brava ragazza. Il radar scova pazze era acceso ormai, dopo Stacy, ma Lexi non era stata rilevata. Si era opportunamente mortificata quando Gina aveva suggerito dell'accordo, e si era affrettata a farmi sapere che non ne aveva fatto una professione. Non vendeva il corpo per soldi. Tuttavia aveva bisogno di soldi, questo era chiaro. Stava cercando un secondo lavoro allo Swank.

Avere uno sugar daddy era un accordo di basso profilo. C'entrava il denaro, ma si trattava più di un patrocinio o un onorario che di un pagamento diretto. Io facevo il generoso e la donna la grata, ma non c'era un vero e proprio contratto sessuale.

«È tutto molto imbarazzante. Sembrava che Gina stesse cercando di piazzarmi. Giuro che non è per questo che sono qui.»

Sorrisi. Ecco, aveva appena dimostrato ciò che già sospettavo. «Ma ti interessa?» chiesi.

Lei sbatté le palpebre, aprì le labbra. «Ehm...» Fece una risata roca. «Ad avere uno sugar daddy o a te? O...» Scoppiò con una risata imbarazzata. «Non sono sicura di quale sia la domanda a cui sto rispondendo. Mi sto candidando a qualcosa?»

Ora stava flirtando, sporgendosi in avanti sulla sedia, la gonna corta che le saliva sui fianchi dandomi un bel panorama delle morbide cosce. L'interno di un ginocchio aveva una lunga cicatrice chirurgica che sembrava recente.

Mi avvicinai. Accidenti, che voglia che aprisse le ginocchia per lasciarmi stare mezzo. Cazzo, che voglia di mettermi tra loro in modo molto più intimo.

Abbassai la testa, le mani appoggiate sulle sue cosce. «Iniziamo con un bacio. Può interessarti?» Stavo morendo dalla voglia di assaggiarla.

Sbuffò appena. Sollevò il viso verso il mio, allungando il collo sottile. Intravidi un piccolo tatuaggio di un raggio di sole dietro l'orecchio, delicato e di buon gusto come lei. «Sì.»

Entrai lentamente, sfiorandole le labbra con le mie, per iniziare. Quando rispose al bacio, lo approfondii, incontrando le sue morbide labbra carnose, accarezzandole con le mie. Mosse le sue in risposta, feci scivolare la lingua per stuzzicarla.

Mi venne duro. Le strinsi la nuca e le presi completamente la bocca, penetrai con la lingua nella fessura delle labbra scopandogliela delicatamente. Sapeva di ginger ale e lime.

Lei gemette dolcemente. Avevo bisogno di uscire di qui. La volevo sul letto, dove avrei potuto esplorarne appieno la dolcezza.

Aprì le labbra. «Faceva parte del colloquio?»

Che ragazza. Che carina, maledizione.

Le cullai un lato del viso e la baciai di nuovo, dolcemente questa volta. «Sì.»

«Come sono andata?» Mi guardò da sotto le ciglia lunghe, gli occhi azzurri oscurati dal desiderio.

«Diciamo solo che sono pronto a passare alla fase successiva.»

Sorrise. «Che cosa comporta?»

Inclinai la testa verso le porte d'ingresso. «Ti va di andartene?»

Resse il mio sguardo per un istante, poi scivolò in avanti.

Le presi i fianchi per aiutarla a scendere dallo sgabello. Le presi la borsa, gliela passai e le misi un braccio sulla vita per accompagnarla fuori.

Attirò l'attenzione di Gina mentre usciva, e l'amica le fece il pollice in su.

«Hai una macchina qui?» le chiesi, pensando che potevamo andare con la sua, così avrebbe avuto la sensazione di poter decidere quando andarsene.

«Ehm, no. Sono in una fase di transizione con le macchine, in questo momento.»

Rilevai dell'imbarazzo nella sua risata. Era carinissima.

«Dove stiamo andando, comunque?»

«Al Four Seasons.»

Alzò le sopracciglia, e capii di averla colpita.

«Dai.» La condussi alla mia nuova Porsche elettrica e tenni aperto lo sportello per farla entrare. Quando aprii la portiera dal mio lato, la sentii borbottare *è pazzes....* Si bloccò e mi rivolse un sorriso sghembo.

Salii e avviai la macchina. «Nervosa, bambolina?»

«Ehm, un po'.»

«Non preoccuparti; non è un vero colloquio. È solo un test di chimica.»

«È che... non so cosa ti aspetti.»

Tutto di questa ragazza era disarmante. Era molto genuina. Onesta. Rinfrescante.

«Mi aspetto che tu divida con me quel tuo corpicino sexy. Tu non devi fare nulla. A letto mi piace avere il comando.»

Per usare un eufemismo.

«Mi prenderò quello che voglio. Se ho bisogno di qualcosa da te, te lo farò sapere.» Si rilassò, il che era un buon segno. Voleva che fossi io a condurre le danze. Mi sembrava di aver colto in lei una tendenza alla sottomissione, e a quanto pareva avevo ragione. «Non preoccuparti. Se mi dici di fare marcia indietro, lo farò. Sono forte, e ho un atteggiamento un po' ruvido, ma so trattare le signore.»

I suoi occhi azzurri scrutarono i miei, come per decifrare cosa intendessi per atteggiamento ruvido. Mi sporsi e le sfiorai le labbra con le mie, volendone assaggiare di nuovo il gusto di lampone.

«Mi aspetto anche di farti urlare. In senso buono.»

Rise, un suono gutturale e sensuale che mi andò dritto al pisello. «Ah sì? Immagino che non ti manchi l'autostima, vero?»

«No.» Ressi convinto il suo sguardo.

Le sue pupille si dilatarono. «E se fossi una di quelle che non raggiungono mai l'orgasmo col partner?»

Passai di nuovo lo sguardo sul suo corpo, chiedendomi che razza di stronzi avesse frequentato, visto che non avevano adorato quel corpo abbastanza da farla venire. «È così?»

Deglutì e fece spallucce. Ora ero determinato a farle dimenticare tutti i coglioni a cui aveva permesso di toccare quel suo corpo succoso.

«Allora imparerò a svelare i tuoi segreti.» Accelerai per infilarmi negli spazi liberi dal traffico, e Lexi sussultò, aggrappandosi al cruscotto.

«Va tutto bene, bambolina?» Guardai oltre. «La mia guida ti rende nervosa?»

Si lasciò andare a una risata tremolante e allontanò le mani dal cruscotto. «Scusa. Non è come guidi. Mi agita la strada. Questa città è piena di autisti pazzi.»

Ricordai il suo imbarazzo sulla *«transizione con le macchine»* e mi chiesi se ci fosse dietro qualcosa. Glielo stavo per chiederle quando cambiò argomento.

«Sei nato qui?»

«Nel New Jersey? O in America? In entrambi i casi, sì. Americano di prima generazione.»

«I tuoi sono italiani?»

Sapevo cosa sta cercando di capire. Se facevo parte di Cosa nostra. O forse lo sapeva già ed era solo curiosa.

«Sì. Siciliani.»

«Sono ancora vivi?» Mi lanciò un'occhiata. «Scusa. Ti dà fastidio che ti faccia domande personali?»

Non pensavo che fosse un'infiltrata a caccia di informazioni, ma non si poteva mai dire. Sicuramente avrei odiato scoprirlo, perché era troppo bella per essere eliminata.

«Non mi dà fastidio questa domanda. Ma alcune magari sì.» Ammorbidii le parole con un sorrisetto. «I miei sono morti, ma ho una bella famiglia allargata.»

Annuì.

«Di norma, la famiglia è argomento off-limits. Per la tua e la mia sicurezza.»

Entrai nel garage del Four Seasons e trovai posto.

«Sì, va bene.»

Mentre annuiva, l'attraversò un leggero tremore e sperai di non averla spaventata. «Non ti preoccupare, Lex.» Scesi dall'auto e andai dall'altro lato per aprirle la portiera, ma lei smontò prima.

«Sei al sicuro. Se raggiungiamo un accordo, la mia attività non ti riguarderà mai. Proprio per questo è off-limits. Capito?»

Annuì.

Le cullai la nuca e le tirai il viso verso il mio per un altro bacio. Si ammorbidì, le labbra morbide e ricettive, il corpo sciolto contro il mio. Prendendole la mano, la condussi nella hall e chiesi una suite di lusso. L'impiegato mi diede la chiave magnetica e ci indicò l'ascensore. Non appena la porta si chiuse, la spinsi con la schiena contro la parete, accarezzandola e mordendole il collo. «Ancora nervosa?»

«No.»

«Bugiarda.» Le mormorai all'orecchio.

Capitolo tre

Cercai di non sembrare troppo impressionata dalla splendida suite di lusso, che era due volte più grande del mio appartamento. Aveva un soggiorno separato, completo di camino in marmo e finestre di tre metri alte dal pavimento al soffitto con vista sulla città. Mi misi al vetro per guardare giù, intimorita. Bobby mi afferrò la nuca e mi tirò vicino, baciandomi il lato del collo.

Non avevo paura di lui, ma ero nervosa. Era più ansia da prestazione. Non sapevo cosa stavo facendo. Cosa volesse. Come funzionava.

Premette il dorso delle sue dita sul mio cuore, che batté come per andargli incontro, tradendo la mia ansia.

«Non faccio mai questo genere di cose» ammisi.

«Lo so» mormorò con espressione morbida. «Ecco una delle cose che mi piace di te.»

«Cos'altro ti piace?» Non ero certo immune ai complimenti.

Raccolse una ciocca dei miei capelli e me la fece scorrere sulla guancia. «Tutto quello che ho visto finora.» La sua voce era bassa e seducente. «Farò fatica a trattenermi.»

Mi tracciò la clavicola con la punta del dito.

«Allora forse non dovresti» sussurrai.

Sorrise come un gatto soddisfatto e mi condusse in fondo al corridoio, con la mano sulla mia schiena come un gentiluomo. Una volta arrivati, strattonò il mio corpo contro il suo, baciandomi forte. Gemetti contro la sua bocca, adorando il suo modo di prendere il comando. Infilò la lingua tra le mie labbra, reclamandomi la bocca. Possedendomi. Le sue mani mi impastarono il culo, poi le trascinò verso l'alto, tirandomi via il vestito in un'unica mossa.

«Mmm.» Indietreggiò e apprezzò il reggiseno di raso nero e rosa antico con mutandine abbinate. «Che belle.»

Grazie a Dio non mi aveva beccata con le mutandine di Wonder Woman di cotone con i buchi sulle cuciture. Ogni centimetro della mia pelle si riscaldò sotto il suo sguardo cupo.

Feci per togliermi le scarpe coi tacchi, ma lui scosse la testa. Mi bloccai, in attesa di ulteriori informazioni.

Tutto quello che disse fu: «Brava.» La figa si strinse in risposta. Apparentemente, apprezzavo le lodi. «Sei bellissima solo con i tacchi addosso» rimbombò, con approvazione. Infilò un dito sotto entrambe le bretelle del reggiseno e scostò lentamente le coppe per denudare il seno.

L'assaporò con evidente apprezzamento, poi si fece di nuovo impaziente e tirò giù il reggiseno fino alla vita, schiacciando una mano su un seno mentre la bocca si piegava sull'altro. Fece scorrere la lingua sulla punta del capezzolo, poi lo risucchiò in profondità prima di rilasciarlo bruscamente e morderlo.

Ansimai, stringendogli le braccia per il piccolissimo dolore che mi aveva inflitto prima del piacere. I miei muscoli interni si strinsero e si contrassero.

Si mosse velocissimo e con molta sicurezza, travolse i miei sensi e io mi sciolsi nel suo tocco. Mi accarezzò con una mano la pancia, scivolandomi dentro alle mutandine, dove mi sfiorò con un dito la figa gocciolante. Lo shock del tocco sulle mie parti più sensibili mi fece gemere.

«Siamo già bagnate, vedo » mormorò con approvazione, e i toni profondi e ricchi della sua voce risuonarono attraverso ogni nervo del mio corpo. Mi tirò giù le mutandine e poi mi spinse di nuovo sul letto. Sollevandomi le gambe in aria, mi tenne le caviglie con una mano e mi diede uno schiaffo sul culo.

Rimasi senza fiato per la sorpresa, dimenandomi contro la presa che aveva già allentato per slacciarsi la cintura e togliersi pantaloni e boxer. Lo guardai togliersi la camicia e svelare un petto ampio e muscoloso spolverato di riccioli scuri. Gli occhi mi scesero più in basso, dove il pisello sporgeva orgoglioso, l'erezione impressionante. Mi leccai le labbra, il cuore che tremava. Non c'era da stupirsi che avesse fiducia nelle prestazioni in camera da letto.

Nonostante sapesse che ero già bagnata, mi divaricò le gambe e si piazzò nel mezzo, leccandomi dentro. Gridai al contatto, poi mi si incrociarono gli occhi per il piacere; e lui non ebbe problemi a trovare la strada per il clitoride. Lo circondò con la lingua, lo fece scorrere e in qualche modo riuscì persino a succhiarlo tra le labbra. Lo strofinò con il pollice mentre mi infilava dentro altre due dita. Quando trovò il punto G e pompò contro di esso, mi strizzai tutta per un orgasmo a sorpresa. I muscoli interni si strinsero intorno alle sue dita, e zampillai un po', cosa che mi avrebbe messa in imbarazzo se lui non avesse ridacchiato.

«Ecco, bambolina.» Estrasse le dita e scese da letto. «Di solito non raggiungi l'orgasmo col partner o col rapporto sessuale?»

Quando riapparve, aveva un preservativo in mano, che strappò con i denti.

«Nessuna delle...due...» Le cellule cerebrali erano troppo occupate dai centri del piacere per sapere come rispondere.

«Direi che il problema era il partner.» Si inginocchiò sul letto e inguainò la sua lunghezza. «Mettimi quei tacchi sexy sulle spalle.»

Fu prepotente, ma non mi offesi. Anzi, adoravo che sapesse esattamente cosa voleva e lo chiedesse. Mi rendeva facile essere presente.

Sollevai le gambe in aria, attenta a non prenderlo a calci in faccia. Non perse tempo: allineò il cazzo al mio ingresso e si spinse dentro. Era grosso e lungo, mi riempì. Allargandomi. Quando mi afferrò la parte anteriore delle cosce per tirarmi il culo contro di sé e spingersi fino in fondo, gridai per il piacere inaspettato. Rimase in profondità perché mi adattassi, gemendo lui stesso di soddisfazione.

«Va tutto bene, bambolina?»

«È bellissimo» riuscii ad ansimare.

Si ritirò e ripeté l'azione, schiaffeggiandomi il culo coi lombi. Prese velocità.

«Sì, sapevo che saresti stata calda, cazzo.»

Le parole oscene mi fecero girare a mille, furono il rombo profondo che mi trasformò le viscere in calore liquido.

«Sei una bambolina perfetta, sexy e volenterosa, vero?»

Non potevo rispondere, anche se non pensavo che se lo aspettasse. All'improvviso mi ritrovai non solo a volere e desiderare, ma piuttosto travolta da un disperato bisogno di essere esattamente quello: la sua bambolina volenterosa del cazzo. Avere quell'uomo come comandante a letto. Il mio sugar daddy. Non per i soldi. Per quello.

Il piacere. La resa a uno che sapeva esattamente cosa stava facendo. E come. E come renderlo bello per me. Il suo dominio ruvido alimentava il mio fuoco interiore rendendolo ancora più caldo.

Ero pronta a giurare che l'intera stanza avesse preso fuoco. Non mi ero mai sentita in un tale stato di abbandono. Così felice di essere fuori controllo. Era duro, cazzo

– aggressivo, martellante – eppure il mio corpo si apriva come un fiore per lui, non solo disposto a dare tutto ciò che gli richiedeva, ma traendo un intenso piacere da quelle richieste. L'orgasmo con lui sembrava non essere un problema. Ero già vicina al secondo, in procinto di esplodere, quando si tirò fuori. «Girati» ordinò burbero.

Risi dolcemente, poco abituata a ricevere ordini durante il sesso. Non avevo idea che sarebbe stata una tale svolta. Il mio ruolo era quello della schiava sessuale, cosa in qualche modo liberatoria. Tutta la repressione del passato, l'ansia da prestazione, i timori per la mia nudità o gli infiniti pensieri stupidi che mi giravano nella testa... tutto sparito.

Bobby era al comando. Tutto quello che dovevo fare era arrendermi a lui.

Tuttavia, presentai un reclamo. «Stavo per venire.»

«Lo so.»

Bastardo arrogante. Quelle due semplici parole mi spinsero in un vertiginoso stato di lussuria. Lo sapeva. Mi aveva garantito la soddisfazione al club e, nonostante quello che sembrava un incontro egocentrico, stava prestando attenzione. Le membra mi tremavano mentre mi girai, salendo più su sul letto per sdraiarmi sulla pancia. Mi afferrò le cosce e mi tirò indietro verso di lui, i miei piedi trovarono il pavimento nella posizione dell'aquila esposta, con il culo a sua disposizione. Un grido di bisogno esplose mentre m'infilava il pisello duro nel canale liscio e mi montava. Quando mi afferrò le spalle per prepararmi al martellamento, persi il controllo.

«Oh, oddio, oh sì, ti prego!» singhiozzai sul copriletto.

«Non ancora, *cara*. Aspetta il permesso.»

Aspetta... cosa?

«Non venire finché non te lo dico.»

Riecco la prepotenza. I dettami arroganti. Non avrei dovuto adorarlo così tanto, e invece. Era come se conoscesse un segreto sul sesso o sul nostro incontro che io ignoravo. Aveva un piano. Era il padrone della scena.

Respirai forte, cercando di trattenere l'orgasmo imminente che brillava e sobbolliva proprio sull'orlo del baratro.

«Ti prego» ansimai. Potevo giurare di non essere più in grado di trattenermi. Continuò a sbattermi contro, le palle oscillavano picchiettandomi il clitoride, la cappella che s'immergeva in profondità.

«Ora, *bambina*. Vieni adesso, tesoro.»

Nel momento in cui lo ordinò, venni.

«Sì!» ruggì, sbattendomi il pisello in profondità mentre veniva. La figa si strinse intorno all'uccello, mentre un'onda di rilascio dopo l'altra mi scorrevano dentro.

Mi si annebbiò la mente, e mi godetti la sensazione di completa resa e soddisfazione. Dopo qualche istante, Bobby mi riportò indietro, allontanandosi da me e mormorando «Grazie, Lexi. È stato sexy.» Mi accarezzò con la mano lungo la schiena, con tocco leggero.

«Mmm» gemetti, troppo rilassata per muovermi.

Mi baciò la nuca e si allontanò. Galleggiai di nuovo fino a quando la sensazione di un panno caldo tra le cosce non mi riportò al presente. Fui sorpresa dal gesto, ma forse inutilmente.

Nonostante la brutalità a letto, Bobby era uno che si prendeva cura delle donne. Si era preso cura di me al club e lo aveva fatto lì. Anche nel sesso era stato un amante estremamente sensibile, completamente in sintonia con me. Chissà cos'avrebbe fatto se mi avesse trovata asciutta e tesa, come a volte succedeva quando mi innervosivo prima del rapporto. Avrebbe imparato con calma a svelare i miei segreti, come aveva affermato? Sembrava però conoscerli già, perché mi aveva appena rivelato una cosa di me che non sapevo: mi piaceva essere usata. Comandata.

Forse Gina aveva sempre avuto ragione. Uno sugar daddy era esattamente ciò di cui avevo bisogno.

«Adesso togliti le scarpe» mormorò, e tirò giù le coperte del letto. Io obbedii, e lui mi fece scivolare un braccio sotto le ginocchia per sollevarmi e scavalcarmi. Quasi a dimostrare la mia teoria, si premurò di scostarmi i capelli da sotto le spalle.

Mi baciò grossolanamente. «Ti tengo di sicuro, bambolina.»

Bobby

Quando Lexi si irrigidì, dovetti ricordare a me stesso che non potevo dire a una donna sempre tutte le cose possessive e dominanti che avevo nella testa. Soprattutto a una che avevo appena incontrato, per quanto sotto-messa e volenterosa sembrasse.

La volevo, però. Volevo tenerla nel mio appartamento

di riserva e trattarla come una principessa e schiava del sesso. Legarla, sculacciarla, viziarla con cose carine. Volevo quegli occhi desiderosi di compiacere fissi sul mio viso mentre era in ginocchio, la bocca tesa intorno al mio uccello.

Probabilmente avrei potuto sventare l'attacco finale in quel momento. Sembrava che avesse bisogno di contanti piuttosto urgentemente. Ma non volevo convincerla a fare qualcosa che la rendeva nervosa, anche se ci sarei riuscito facilmente. Volevo che fosse lei a offrirsi. Così tirai su le coperte e le baciai la fronte. «Resta qui stanotte, bambolina. Domani ordina il servizio in camera. Comprati qualcosa di carino nel negozio di articoli da regalo e caricalo sulla stanza.» Mi vestii e lasciai cadere un mazzetto di banconote sul comò. Probabilmente c'erano tre o quattrocento dollari. Non li contai, perché non volevo che si sentisse a buon mercato. Non la stavo pagando per il sesso. Gli sugar daddy non pagavano per il sesso: fornivano supporto in cambio del privilegio di proprietà.

«Sono per te, perché lo sfizio di domani» le dissi. «Se decidi di volere uno sugar daddy, sai dove trovarmi.»

Lasciai le cose così. Non le chiesi il numero. Non le lasciai il mio.

Speravo di rivederla, ma non avevo intenzione di metterle pressione.

Si issò sui gomiti, i seni si separarono. Fu difficilissimo non strisciare di nuovo nel letto per baciarla lì in mezzo. E seguitare fino al collo e dietro l'orecchio.

Ma no, era timida. Ero già stato invadente. Se fossi

rimasto, domattina avrebbe potuto scappare con la coda tra le gambe. Meglio lasciare che fosse lei a venire da me, una volta pronta.

Che volesse essere posseduta o no. Sospettavo fortemente che si sarebbe resa conto di volerlo. Lo speravo. Perché Lexi era assolutamente perfetta per me.

Capitolo quattro
Lexi

La mattina mi svegliai nella suite di lusso con il corpo dolorante in tutti i posti giusti. Ordinai il servizio in camera. Mi ero comprata un costume da bagno al negozio di articoli da regalo, e mi ero seduta nella vasca idromassaggio. Me l'ero goduta. Era stato *faaantastico*.

Bobby mi aveva lasciato più di quattrocento dollari per "togliermi uno sfizio". Purtroppo l'unico che potevo togliermi era pagare il debito dell'affitto. Non avevo avuto il tempo di correre di nuovo a casa a cercare il direttore dell'edificio e pagarlo prima di andare al lavoro. A quel punto, che differenza poteva fare ricevere i soldi sabato o domenica? Glieli avrei fatti arrivare prima di lunedì. Non contava altro.

Al momento avevo un progetto personale di hair styling su cui lavorare. Era passato l'orario di chiusura e se ne erano andati tutti tranne Ondrea, la receptionist.

«Quindi posso fare tutto ciò che voglio, giusto?»

Spinsi Gina sulla sedia del mio salone. Le avevo promesso taglio e colore gratuiti se mi avesse fatto da modella per il portfolio.

Si gettò i capelli scuri su una spalla. «Sì. Mi fido di te. Ma solo se mi racconti tutto di ieri sera.»

«Ooh, cos'è successo ieri sera?» Ondrea comparve immediatamente dietro di me, tamburellando con le unghie laccate. Era un'adorabile trans, appena uscita dal liceo e decisamente sfacciata. Sicuramente la cosa migliore dell'affitto allo Stylz, perché aveva una predisposizione naturale a rendere tutto divertente.

«Sono stata con uno.» Feci scorrere una mantellina intorno alle spalle di Gina. Avevo già un piano in mente, quindi cominciai a mescolare la tintura nelle ciotole di plastica.

«Un potenziale sugar daddy.» Gina agitò le sopracciglia.

«Ooh. Dimmi di più.» Ondrea si infilò nella sedia vuota del salone accanto a quella di Gina.

«Sì. Spara, dai.»

«Dunque, prima di tutto ti sei persa come l'ho incontrato. Mi ha letteralmente salvata dall'aspirante sugar daddy idiota nei bagni.» Finii di mescolare la tintura e iniziai a pettinarla.

«Cosa intendi?»

Separai la prima sezione di capelli e spennellai il colore, quindi li piegai nella cartina. «Quello che mi ha offerto da bere pensava che fossi in debito con lui, e stava cercando di trascinarmi di nuovo al bar o qualcosa del genere. Bobby lo ha afferrato per la gola e gli ha schiacciato la faccia contro il muro.»

Ondrea fece un sussulto esagerato. «Seeexy.»

«Super sexy» concordò Gina.

«Lo so. E poi ho scoperto che era quello delle mance pesanti, quindi mi è sembrato destino.» Mi occupai della sezione successiva, avendo da tempo padroneggiato il trucco di mantenere viva la conversazione mentre applicavo il colore ai capelli.

«Quindi?» chiese Gina sollevando le sopracciglia.

Annuii, come rispondendo a una domanda che prevedeva un sì o un no. «È stato sexy.»

«Tutto qui? Voglio i dettagli.»

«Sì, vogliamo dettagli.» Ondrea fece girare la sedia in tondo.

«Beh, mi ha portata al Four Seasons, mi è saltato addosso, mi ha scopata forte e mi ha rimboccato le coperte per la notte.»

Ondrea smise di girare per sventolarsi con le dita, le lunghe ciglia finte che svolazzavano. «Aspetta: quindi non è rimasto?»

Gina già vivisezionava la relazione.

«No. Sei sicura che non sia sposato?»

«Oh-oh» disse Ondrea. «Non mi piace.»

«No non è sposato. Sta solo giocando a fare lo sugar daddy. Te l'ho detto, è la sua passione. Per questo hai bisogno di lui.» Gina toccò con il dito il bracciolo della poltroncina per farle notare il punto.

«Non lo so.» Feci spallucce. Mi era piaciuta un sacco la

notte, non fraintendetemi. Ma mi ero sentita sollevata quando se n'era andato. Mi ero sentita dentro fino al collo, ed ero preoccupata di quello in cui mi stavo cacciando. Soprattutto quando aveva detto *ti tengo di sicuro*. Non sapevo nemmeno cosa intendesse, ma mi aveva un po' spaventata.

«Non sai cosa? È stato bravo a letto?»

Era riduttivo. «Bravissimo.»

«Allora di cosa non sei sicura?» volle sapere Ondrea.

«Non ho intenzione di entrare in una sorta di accordo economico basato sul sesso. Assolutamente no. Sembra fuori di testa.»

«È la professione più antica del mondo.» Ondrea si alzò dalla sedia. «Non è sbagliato ricevere denaro per il semplice fatto di essere te stessa. Di essere l'intrattenimento di qualcuno. E poi non ti ha mica fatto schifo.»

«Sì, ma boh.»

«Beh, come vi siete lasciati? Ti richiama? Qual è l'accordo?» mi pressò Gina.

«In realtà non mi ha nemmeno chiesto il numero, ma ha detto che se sono interessata so dove trovarlo.»

«Quindi adesso vai in paranoia.»

Ondrea si avvicinò per osservare la mia tecnica più da vicino.

«Le fai lo stesso che hai fatto a me?» Le avevo fatto i capelli la settimana precedente per le foto per il portfolio, aggiungendole delle ciocche fucsia intorno al viso e sulle punte, per un effetto più drammatico.

«No, sto facendo qualcosa di un po' più sottile. Sfumature di bordeaux.»

«Perché hai bisogno di nuove foto per il portfolio?» chiese Gina.

«Mi sto candidando per un lavoro di formazione con la Stellar Hair Color. Se lo ottengo, mi manderanno in giro per gli Stati Uniti a insegnare ai parrucchieri a usare le tinture.»

«Ooh, che figo.»

«Già, e lo stipendio è di oltre centoventimila dollari l'anno.»

«Ottimo!»

«Quindi probabilmente non ho nessuna possibilità.» Spennellai un'altra sezione di capelli.

«Non dire così. Ti meriti quel tipo di stipendio. Li vali tutti.»

«Sto pensando di dichiarare bancarotta per annullare le spese mediche» confidai, perché onestamente non potevo riporre le mie speranze in quel lavoro. La banca-rotta non mi avrebbe aiutata con i conti arretrati dell'ap-partamento e del salone, ma se fossi riuscita a liberarmi del debito medico avrei potuto respirare un po'.

«Non dirlo ad Arissa» mi avvertì Ondrea. «Sta già andando fuori di testa perché sei indietro con l'affitto del salone.»

Arissa era la proprietaria. Ammettevo che pagarla era stata una priorità leggermente inferiore rispetto al paga-mento dell'affitto di casa, ma mi piaceva credere che mi ritenesse una persona per bene. Insomma, andavo lì ogni giorno a farmi il culo. Sapeva che ci stavo provando.

«La pagherò non appena avrò pagato il padrone di

casa» dissi, nel caso in cui Ondrea avesse riportato la conversazione ad Arissa.

«Ho due parole per te» disse Gina, e alzai gli occhi perché sapevo dove voleva arrivare. «Sugar daddy.»

* * *

Bobby

«Signor Manghini?» Greta, la segretaria, mi chiamò in cantiere.

«Che c'è?» Sapeva che non mi piaceva essere disturbato quando ero sul campo, quindi qualcos'altro era andato storto.

«È venuto un revisore dell'Agenzia delle entrate. Chiede di rivedere tutta la contabilità.»

Cazzo.

Strinsi i denti. «Hai chiesto l'identificazione?»

«Sì. Tutto in regola.» Greta lavorava per me da sedici anni. Era nella famiglia – la sorella maggiore di uno dei sicari – e quindi mi fidavo. Non che l'avessi mai convolta in qualcosa. Era innocente ma conosceva la situazione generale, il che per quanto mi riguardava la rendeva l'impiegata ideale.

«Va bene. Mostragli quello che vuole vedere.»

«Ne è sicuro?»

I libri contabili erano perfetti. Magari riciclavo i soldi della famiglia con l'azienda, ma i documenti erano impeccabili. Non avrebbero trovato nulla. «Sicuro. Niente di cui preoccuparsi.»

«Sicurissimo?»

«Greta, apprezzo la preoccupazione, ma non ce n'è bisogno. Va tutto bene.»

«Ok. Gli mostrerò la contabilità.»

Terminai la chiamata e chiamai il don. Anche se non rappresentava un problema, non avrebbe voluto che lo tenessi all'oscuro del fatto che il governo spulciasse nei nostri affari.

«Bobby, mi stai interrompendo la partita di golf» rispose.

«Allora non ti terrò molto. Volevo solo farti sapere che è venuto uno dell'Agenzia delle entrate per vedere i libri. Niente di cui preoccuparsi.»

Al rimase in silenzio per un momento. Abbastanza a lungo da farmi sudare in attesa della sua reazione. «Va bene. Tienimi aggiornato.»

«Sì. Certo.» Agganciai e infilai il telefono in tasca.

Cristo.

Speravo proprio che fosse tutto pulito come credevo, cazzo, perché se avessi messo nei casini i LaTorre, la prigione sarebbe stata l'ultima delle mie preoccupazioni.

Lexi

Andai dalla fermata dell'autobus a casa coi piedi che mi facevano male; non mi sedevo da tutto il giorno. Avevo millecentocinquanta dollari in contanti in tasca, fra quello che mi aveva dato Bobby e i guadagni della settimana, e speravo fossero sufficienti a togliermi l'avviso di sfratto dalla porta.

Aprii il portone dell'edificio e salii le scale fino al terzo piano, così da poter mangiare un boccone prima di andare a cercare il direttore dell'edificio.

Infilai la chiave nella serratura.

Non girava.

Cazzo! Impossibile. Riprovai, afferrando la maniglia per scuotere la porta mentre cercavo di far girare la chiave. Ma la parte interna della serratura era ovviamente nuova. Ero stata ufficialmente sfrattata. Sarei dovuta venire stamattina invece di sguazzare nella vasca idromassaggio del Four Seasons. Avrei dovuto almeno chiamare il proprietario per dirgli che avevo parte dei soldi.

Forse non era troppo tardi.

Corsi giù per le scale, le lacrime agli occhi. Quanto era stupido pensare di poter insistere per non farmi buttare fuori? Avrei dovuto trasferirmi dalla mamma dopo l'incidente, e pagare i conti in tempo.

Invece avevo nascosto la testa nella sabbia sperando semplicemente che le cose si sistemassero.

Beh, non aveva funzionato.

E ora non avevo un posto dove andare.

Mi pulii il viso quando arrivai alla porta dell'amministratore.

Datti una calmata, Lex.

Inspirai, tirai fuori i soldi e bussai. L'amministratore, un tizio decente di mezza età di nome Gus, aprì.

«Mi dispiace, Lexi.» Distolse lo sguardo.

Gli buttai i soldi addosso. «Sono millecentocinquanta dollari. Dovrebbero coprire un mese almeno, e posso impegnarmi per ridurre il debito sul resto. Mi dispiace tanto. Volevo darteli stamattina, ma ho dormito fuori e non ne ho avuto il tempo prima del lavoro, ma ...»

«Mi dispiace.» Scosse la testa. Forse gli dispiaceva davvero per lo sfratto. «Non dipende da me. Faccio solo quello che mi viene detto, e mi è stato detto di cambiare la serratura.»

«No, no, no, no.» Parlavo velocemente, come se facesse una qualche di differenza. «Per favore, Gus. Puoi lasciarmi entrare per stasera? Così domattina chiamo il proprietario per ripagare tutto? Sono sicura che preferirebbe tenersi un'inquilina esistente e incassare ciò che gli devo piuttosto che trovare un nuovo affittuario.»

«No invece. Vuole alzare l'affitto a milleseicento, e dice di avere tre persone in lista d'attesa. Mi dispiace, Lexi, ma è troppo tardi. Sei fuori.»

Cercai di trattenere un singhiozzo mordendomi il labbro mentre un paio di lacrime mi uscivano dagli angoli degli occhi. «Puoi almeno farmi entrare per prendere le mie cose?»

«Non posso, Lexi.»

«Solo alcune cose essenziali. Per la notte. Chi lo verrà mai a sapere, dai...»

«Non fino a quando non sento il proprietario. Domattina chiamalo subito e accordati con lui. Aprirò quando mi darà l'ok.»

Strinsi le labbra e annuii, e scesero altre lacrime.

Gus mi chiuse la porta in faccia; non perché non gli importasse, ma sembrava più che altro dispiaciuto, e che vedermi piangere lo facesse stare male.

Per un attimo desiderai che avesse fatto lo stronzo,

così avrei potuto essere arrabbiata con qualcuno oltre che con me stessa per quella situazione.

Dannazione! Avevo combinato un casino totale. Provavo la sensazione di essere "cattiva", tipica per me in queste situazioni. Vergognosa e piccola. Colpevole. Debole.

Corsi giù per il corridoio e sbucai fuori per tornare alla stazione della metropolitana. Scesi alla fermata più vicina allo Swank. Potevo provare a parlare con il proprietario l'indomani. Al momento avevo bisogno di un drink e di un'amica.

Non avevo neanche pensato di cercare Bobby. Non ero il tipo di ragazza che fantasticava di essere salvata, perché nel mio mondo stronzate del genere non succedevano.

Ma nel momento in cui attraversai la porta, un braccio forte mi avvolse intorno alla vita e Bobby mi tirò indietro, contro di lui. «Ferma qui, bambolina. Va tutto bene? Hai pianto?»

Anche se la sera precedente la situazione con Bobby mi aveva stressata, qualcosa in me si rilassò. Mi girai tra le sue braccia e non riuscii a sorridere. «Solo una brutta giornata. Mi servirebbe davvero un drink.»

«Ordiniamone uno, allora.» Mi prese per il gomito con quel suo modo di fare di chi si metteva al comando e mi accompagnò al bar. Appena arrivati il barista si affrettò a servirci.

«Il solito, signor Manghini?»

«Sì, e quello che vuole Lexi. È sul mio conto stasera. Voglio che tu ti prenda molta cura di lei, capito?»

«Sì, signore.»

«Due shot di Cazadores» ordinai.

Bobby alzò le sopracciglia. «Va così male?»

Cercai di cancellare l'infelicità dalla mia faccia, ma probabilmente non ci riuscii.

«Senti, i drink non implicano obblighi, bambina» mi disse a bassa voce. «Mi sono divertito molto ieri sera, ma non c'è nessuna pressione. Ho la sensazione che tu non sia venuta a cercare me stasera.»

«No. Cioè...»

«Va tutto bene.» Strinse gli occhi.

Il barista tornò con i drink e lui prese il suo. «Ti do un po' di spazio.»

«No, sto bene.» presi uno shot e lo mandai giù, mordendo il lime per placare i brividi. «Devo solo parlare con Gina.» Presi il secondo, ma Bobby mise la mano sulla mia per impedirmi di buttarlo giù. «E poi mi piacerebbe parlare con te. Voglio dire, se anche a te va. Ah.» Il viso mi andò in fiamme. «Forse non ti va.» Forse voleva solo sesso.

«Rallenta, bambolina. Fai un respiro.» Si guardò intorno. «Ecco che arriva la tua amica.»

Gina avanzava col vassoio vuoto. Non smetteva mai di stupirmi che riuscisse a stare tutta la sera con tacchi da dieci centimetri, ma come sempre li abbinava a una gonna corta.

«Vi lascio sole» disse Bobby tranquillamente, lasciandomi prima che potessi rispondere.

«Ehi, cosa ci fai qui? Pensavo che andassi a casa.»

Malgrado l'umore schifoso, ne ammirai la nuova

acconciatura. Avevo creato una figata di acconciatura, e stava benissimo. Speravo che le foto mi facessero avere il lavoro.

«Sono stata sfrattata» sparai dopo essermi assicurata che Bobby non fosse a portata di orecchio. «Mi hanno chiusa fuori. Sono proprio una sfigata.»

«Merda.» Mi abbracciò. «Mi dispiace. Beh, puoi sicuramente piazzarti sul mio divano.»

«Grazie.»

«Vuoi la chiave subito?»

Mi ritrovai a cercare nella sala le spalle larghe di Bobby. Era tornato vicino alla porta, dov'era quando ero entrata.

C'erano un paio di ragazzi più giovani che sembravano della famiglia, quella seria.

I nostri sguardi si fissarono da una parte all'altra del locale, come se avesse aspettato che lo guardassi. Alzai la mano e lo salutai timidamente.

«Mmm... forse dopo uno o due drink» risposi a Gina senza distogliere lo sguardo da Bobby, che ora era diretto verso di me. Tutto il mio corpo si accese, come se fosse alimentato da corrente elettrica e io mi fossi appena attaccata alla spina.

«Certo. O magari ti fanno un'offerta migliore.»

«Non... non è per questo che sono venuta» Mi sembrava di difendermi da una persona invisibile che mi stava giudicando. Persona invisibile che ovviamente ero io.

«Lascia che si prenda cura di te. È così difficile?»

«Ssh. Sta arrivando.»

Bobby arrivò e Gina ricominciò a vendermi. «Lexi mi ha appena fatto taglio e colore.» Scosse i capelli. «Per il suo portfolio.»

Bobby alzò le sopracciglia, come sinceramente interessato. Ma era impossibile. Non fregava mai a nessun uomo di quello che facevo. «Ah sì? A cosa serve il portfolio?»

Mi mordicchiai il labbro inferiore. «Mi candido a un lavoro di formazione. È nazionale, quindi probabilmente non ho molte possibilità, ma vale la pena provarci.»

Annuì. «Beh, se tutti i look sono buoni come il tuo e quello di Gina, direi che hai buone possibilità. Non che sia un esperto di capelli da donna, eh.»

Mi piaceva il modo in cui gli occhi gli si increspavano agli angoli, le ciglia scure che rendevano quelle piscine liquide nocciola calde e invitanti. Mi piacevano le farfalle nello stomaco quando mi guardava.

«Beh, è meglio che torni al lavoro.» Gina s'infilò il vassoio sotto il braccio. «Siete entrambi pronti per i drink?»

Non avevo ancora toccato il secondo shot. Bobby mi aveva detto di rallentare e, per qualche motivo, sembrava che volessi compiacerlo.

«Sono a posto, grazie.»

«Anch'io.» Mi ritrovai a sporgermi in avanti, desiderando sentire il profumo della colonia di Bobby. Sentire il calore del suo corpo.

Come se lo sapesse, si avvicinò.

«Voi intanto parlate della questione dello sugar

daddy. Penso che possa funzionare.» Gina mi fece un occhiolino prima di andare.

Bobby mi studiò. «Io ci sto, bambolina. Te l'ho detto ieri sera. Se vuoi essere viziata un po', sono il tuo uomo.»

La pelle tra le gambe tirò verso l'alto. La vergogna e la disperazione di essere stata sfrattata evaporarono, sostituite da calore. Interesse. Desiderio.

Cos'avevo da perdere, in fondo? Uno sugar daddy avrebbe potuto risolvermi i problemi immediati, se era serio.

«Cosa ti aspetti da me?»

I suoi occhi si scuriscono e si avvicinò, appoggiando un braccio sullo schienale del mio sgabello. «Il semplice fatto che tu me lo abbia chiesto mi dice che sei la ragazza giusta per me.»

Cercai di decifrare quello che intendeva mentre il battito accelerava per la vicinanza. Colsi il piacevole profumo della sua colonia, che mi riportò al piacere reciproco della notte.

«È piuttosto semplice, Lexi. Mi aspetto che tu sia a mia disposizione, disponibile ogni volta che lo voglio. Ciò non significa che non avrai tempo per te stessa. Anzi. Sono un uomo impegnato.»

Deglutii, bagnai le mutandine all'idea di fargli da schiava sessuale.

«E di preciso cosa offri in cambio?»

Il pollice di Bobby tracciò leggermente il profilo della mia spalla. «Ho un bell'appartamento dove puoi vivere. Ti porterò fuori e ti tratterò bene. Ti darò soldi in contanti da spendere. Come ti suona?»

Ci fissammo negli occhi. Il calore si accumulò nel mio nucleo, viaggiando fino a scaldarmi il viso. Inspirai ed espirai a ritmo rapido. «Vivrei con te?»

«No, bambolina. Io ho il mio appartamento. Sarebbe il tuo spazio. È di lusso: la mia azienda lo ha ristrutturato, quindi ha tutti i fronzoli. Vasca idromassaggio. Ampia cucina. Piscina sul tetto. Palestra.»

Mi sentivo stordita anche solo dalla possibilità. Avrebbe davvero potuto risolvermi tutti i problemi. Insomma, ero letteralmente una senzatetto al momento, e avrei potuto anche non avere accesso a nessuna delle mie cose, se il mio ex proprietario avesse fatto il cazzone a riguardo.

Deglutii. «M-Mi farebbe piacere.»

«Davvero?» Abbassò le palpebre e fece scivolare la mano intorno alla mia nuca, accarezzandomi la pelle sensibile. «Ne sono contento. Sembri perfetta per me.» Si avvicinò e mi parlò con voce bassa e roca. «Ma devi sapere una cosa: ti userei come voglio, quando voglio. E ti chiedo fedeltà. Nessun altro uomo.»

«E le donne?» chiesi, solo per vedere cosa avrebbe detto.

Sembrò capire che si trattava di un test. Sorrise. «Solo se posso guardare.»

Bobby

Baciai Lexi, tenendole la nuca per mantenerla ferma. Lei rispose, le labbra morbide ed elastiche. Quando ci allontanammo, mi sedetti accanto a lei, accarezzandole su e giù la curva del fianco. «Allora, Lexi: sei nei guai?»

Si bloccò. «Cosa intendi?»

«Ho la sensazione che normalmente non faresti una cosa del genere. Gina ci ha presentati per un motivo. Spero che non sia perché sei un'informatrice.» Sorrisi quando strabuzzò gli occhi, perché ero già sicuro che non lo fosse.

Scosse la testa.

«Qualcosa ti costringe. Che cosa?»

Aprì la bocca, ma non uscirono parole.

«Si tratta di soldi? Stai scappando da qualcuno? Hai bisogno di protezione?»

Esalò un respiro tremolante. «No, affatto.»

«No, non mentirmi, Lexi. È una regola.»

Sbatté le palpebre, strabuzzò gli occhi, ma non parlò.

«Dimmelo.»

I bellissimi occhi azzurri si riempirono di lacrime. «Oggi mi hanno sfrattata» ammise, sfuggendo in parte al mio sguardo.

Annuii, poco sorpreso. Sapevo che doveva essere successo qualcosa, perché non era assolutamente la solita donnaccia da bar in libera uscita che vuole affondare gli artigli in un riccone. Né una che carbura solo a sesso.

Era rimasta sorpresa da com'era andata la nostra notte. No, Lexi sembrava una intelligente e normale che non aveva mai fatto nulla di simile in vita sua. Decisamente un valore aggiunto al suo fascino.

«La tua roba è ancora lì, nell'appartamento?»

«Sì. Ma non posso entrare a prenderla.»

Mi alzai e recuperai il telefono dalla tasca dei pantaloni. «Qual è l'indirizzo?» chiesi, il pollice sulla tastiera.

«Perché?»

«Perché ho intenzione di fartela riavere.» Alzai le sopracciglia, come a sollecitarla.

«3650 E. Noce #254.»

«Nome e numero del proprietario?»

«Darrell Jones. Mi faccio dare il numero.» Tirò fuori il telefono e scorse i contatti. «Che cos'hai intenzione di fargli?»

Risi. «Che cosa vuoi che gli faccia?»

«Niente... cioè...»

Risi di nuovo. «Stavo solo pensando di pagarlo abbastanza da fargli aprire perché possa prenderti la roba.»

«Ah.» Sembrava imbarazzata. «Scusa. Ho appena ... non so come funziona.»

«Pensavi che gli spaccassi le rotule?»

Scosse rapidamente la testa in un modo che mi disse che era esattamente quello che pensava.

«Sono una persona normale, Lex.» Non del tutto vero, ma era la storia che sostenevo. «Lavoro nel settore immobiliare e in quello edile. Uso i contatti della famiglia per fare affari, e non dico che non sono disposto a forzare un po' la legge per evitare di pagare lo zio Sam più del giusto, ma non sono un delinquente.»

A meno che non ne abbia bisogno.

Arrossì in volto. «Scusa. Non volevo offenderti.»

«Vieni qui.» Tirai il suo viso verso il mio e lo baciai. «Non mi offendo. Ti trovo carina.»

Abbassò il viso per guardare nel telefono le informazioni di contatto del proprietario di casa, che mi lesse. Le inserii nel mio, poi glielo diedi. «Aggiungi il tuo numero.»

Si mandò un messaggio che diceva *Sono Lexi.* «Grazie.» Sembrava vulnerabile. «Lo apprezzo molto.»

Le misi una nocca sotto il mento per sollevarle il bel viso. «Gestisco io i tuoi problemi. Mi prendo sempre cura di ciò che è mio» promisi.

«Vuoi che ti sia debitrice.»

Sorrisi. «Ragazza intelligente.»

Accennò un sorriso e mi s'indurì il pisello. Avevo una chimica pazzesca con questa qui. «Ti farò sapere come va con il proprietario: se devo sistemargli i connotati o meno.» Lei alzò lo sguardo e le feci l'occhiolino. «Scherzo. Beh, posso anche fare così se vuoi.» Strinsi gli occhi, e l'aggressività mi inondò improvvisamente le vene al pensiero. «Ti ha *toccata*? Ti ha fatto male?»

«No, no, no.»

«Ti ha frodata?»

Scosse rapidamente la testa, e mi costrinsi a rilassarmi.

«È stata colpa mia. Sono rimasta indietro con l'affitto e ho stupidamente pensato che mi avrebbe permesso di continuare ad aumentare il conto.» Fece spallucce. «E invece non l'ha fatto.»

«Beh, fanculo. Adorerai il tuo nuovo appartamento. Ti ci porto subito. O quando vuoi.»

Prese il secondo bicchierino di tequila, lo butto giù, poi saltò giù dallo sgabello. «Sono pronta.»

Piazzai una banconota da cento dollari sul bancone per Stan, il barista, e le presi la mano. Mi piaceva che stavolta non fosse tanto nervosa. Sembrava sollevata, come se si fidasse del fatto che mi sarei preso cura di lei.

Lo avrei fatto. Volevo assolutamente prendermi cura di lei e dei suoi problemi, perché si capiva che non se li meritava.

* * *

Lexi

«Allora, parlami di questo lavoro per cui ti stai candidando» disse Bobby in macchina, sorprendendomi con quello che sembrava genuino interesse.

«È una posizione di formatrice per la Stellar, un'importante azienda di prodotti per capelli. Stanno cercando una rappresentante che tenga dei workshop sull'uso delle tinte.»

«Sembra fantastico.»

«Sì, è un ottimo stipendio con benefits, ma non so se ho una vera possibilità.»

«Perché?»

Mi riscaldai. «Non lo so... insomma, lavoro bene ma...»

«Ma cosa?»

Feci spallucce. «Non so se lavoro abbastanza bene.»

Aggrottò le sopracciglia. «No, cazzo» disse. «*Sei* abbastanza brava?»

C'era un tono interrogativo nella voce, ma non scortese. Ero certa che stesse cercando di sostenermi. Mi venne ancora più caldo e mi agitai sul sedile, pensando alla domanda. Credevo davvero di essere abbastanza brava da essere assunta? Pensavo di meritare quella posizione?

«Sì.» Fui un po' sorpresa dalla mia stessa risposta. «Sono brava.» Ammetterlo ad alta voce era sacrilego, ma anche meraviglioso. Come se stessi nascondendo al mondo la mia bravura per paura di essere presa di mira. O di trovare qualcuno che mi prendesse a schiaffi dicendomi che non lo ero.

Annuii, e un ribollente senso di entusiasmo mi crebbe nel petto. «Sono molto brava.»

Bobby sorrise. «Allora prenditi quel lavoro, piccola. Sei fantastica, e ti meriti la posizione.»

Guardai giù, le mie mani che stringevano la borsa in grembo. «Ok.»

«Brava. Invia il portfolio con quest'atteggiamento e ti assumeranno in un batter d'occhio.»

Mi appoggiai al sedile, più a mio agio. «Grazie.»

Bobby si avvicinò e mi strinse un ginocchio. «Non ringraziarmi. Hai fatto tutto tu, bambolina. Sei tu quella con il talento qui.»

In viaggio lo guardai di nascosto, ricordando il sesso di quella notte. Pensai a lui nudo, tutto muscoli cesellati e riccioli scuri e virili che gli spolveravano il petto. Approfittarne per disperazione finanziaria non era chissà che sacrificio. Non sembrava il tipo che aveva bisogno di pagarsi un amante. Anzi, mi stupiva che non fosse pieno di donne che gli si gettavano ai piedi. Certo, magari ne aveva...

In ogni caso, non importava. Era una situazione

temporanea, ovviamente. Non mi sarei fatta coinvolgere emotivamente, perché non era una vera relazione. Era più simile a un lavoro o a un impiego. Impiego che avrebbe potuto essere facilissimo, visto il grande capo. Andò a casa sua e parcheggiò in un garage sotterraneo, accompagnandomi all'ascensore con la mano sulla schiena. Mi baciò mentre salivamo, e io mi sciolsi a ogni persistente sferzata della sua lingua. Quando raggiungemmo il piano, la pelle mi formicolava a causa del suo tocco.

«Eccoci.» Mi lanciò le chiavi dopo aver aperto la porta dell'appartamento. «La lavatrice e l'asciugatrice sono in quell'armadio laggiù. La spazzatura viene scaricata nel cestino nel garage. Gli addetti alle pulizie vengono ogni due martedì, intorno a mezzogiorno.»

Addetti alle pulizie? Ehm, wow. Diavolo, sì, sarei andata a vivere in un appartamento di lusso con un servizio di pulizia due volte al mese!

«La palestra è all'ultimo piano e la piscina sul tetto. La chiave apre entrambe.»

Era troppo bello per essere vero. L'appartamento risplendeva di eleganti pavimenti in legno lucido, ripiani di granito e scintillanti elettrodomestici d'acciaio inossidabile. Non avevo mai vissuto nel lusso: l'infanzia nella classe medio-bassa del New Jersey e sbarcare il lunario facendo la parrucchiera non mi avevano offerto tante ricchezze.

Mi guardai intorno immaginando come sarebbe stato stringere l'accordo con Bobby a lungo termine. Ritenerlo il mio appartamento. Stabilirmi in un qualcosa di semipermanente con lui. Naturalmente non sarebbe mai accaduto. Ma per ora c'era.

Giocherellai con le chiavi. «Quindi posso restare? Mi dai le chiavi, davvero?»

Si avvicinò e mi posò una mano sulla vita. «Sì. Mi piaci, Lexi.» Abbassò la testa. «Sei sexy, cazzo. E dannatamente reattiva a letto. E l'istinto mi dice che sei una brava persona.» Aggrottò la fronte.

«Ma non mi conosci nemmeno. Non hai paura che scappi col televisore?»

Rise. «Nessuno ruba a Bobby Manghini.»

La realtà dell'affermazione mi colpì in pieno. Certo che no. Nessuno derubava un boss mafioso se voleva vivere. Impallidii. Dovette accorgersene, perché mi avvolse un braccio intorno alla vita e mi tirò contro il suo corpo muscoloso. Piazzai le mani sul suo petto cesellato.

«Ehi» disse dolcemente. «Non era una minaccia. So che non mi deruberesti mai.»

Il battito accelerò, alla vicinanza. Per il pericolo e la rassicurazione simultanei di quest'uomo, incredibile più di qualsiasi ragazzo che avessi mai frequentato. «Come fai a saperlo?» insistetti.

«Conosco le persone. Tu hai una morale.»

«Cos'altro pensi di sapere di me?»

«So che frequenti uno come me solo ed esclusivamente perché hai bisogno di questo posto. So che va contro il tuo istinto. Ma so anche che ti è piaciuto il sesso, e che sei pronta ad averne ancora.»

Lo guardai, scioccata dalla facilità con cui mi leggeva dentro. Mi si indurirono i capezzoli alla menzione del sesso: aveva ragione su tutti i fronti. Lo volevo di nuovo. Mi piaceva il puro animalismo del modo in cui mi aveva gestita. La fiducia. Il modo dominante ma attento in cui toccava il mio corpo. E la sintonia che aveva con me.

Leccandomi le labbra, chiesi «Allora cosa devo sapere, ehm, dell'accordo?»

«Eccolo qui. Ti rendi disponibile per me. Quando non lavori al salone, il tuo tempo è mio. Non devi startene qui ad aspettarmi: ti manderò un messaggio in anticipo, ma non puoi dirmi che sei occupata, ok? Se hai dei programmi, li cambi.»

«Va bene.»

«Qui non è ammesso nessun uomo, mai. Non puoi andare a letto con altri, non puoi uscire con altri.»

«Figurati. Non sono mica la monaca di Pavia, io.»

Sorrise. «Era di Monza» mi corresse.

«Di Monza. Scusa. Imparo in fretta, giuro.»

«Sì, sei una ragazza intelligente, lo so. Ascolti più di quanto parli e non fai commenti stupidi.»

«È questa la tua definizione di intelligente?»

Sembrava divertito, con gli occhi marroni sapienti, le spesse ciglia scure che gli rendevano lo sguardo permanentemente sensuale. «Sì.»

Una vampata di calore m'incendiò le parti basse quando i nostri occhi si incontrarono e si fissarono.

«È solo un accordo. Non sono il tuo ragazzo. Non puoi farmi richieste. Mi prenderò cura di te, ma sono io che comando.»

«Capito» concordai. Mi morsi l'interno della guancia. «Sicuro che non sei sposato?»

Scosse la testa, e fui sollevata nel non vedere alcuna esitazione.

«Sono sicuro di non essere sposato. E non c'è nessuna. Sono monogamo. Non farò casino con te. Mi piacciono le cose definite in modo chiaro.»

«Non posso che ammirare un uomo che sa quello che vuole.»

Bobby fece l'occhiolino. Dannazione. Che sexy. Davvero non capivo come nessuna lo avesse ancora incastrato. Forse perché non lo aveva permesso lui.

«Un'altra regola. La più importante.»

Tenne lo sguardo su di me con un'intensità che mi rimestò la pancia.

«Non puoi parlare di me con nessuno. Non puoi dire agli amici né ad altri quando vado o vengo. Né quello che dico. Né quello che facciamo. Niente di niente. Capito?»

Deglutii. Aveva detto di non essere un delinquente, ma quel che faceva, qualsiasi cosa fosse, di sicuro non era legale. «Sì.»

«Infrangi una qualsiasi delle regole e verrai punita.»

Mmm... *punita?* Mi si strinse il culo alla minaccia. Trattenni il fiato, con la paura di chiedere. «Punita come?»

Sollevò un angolo della bocca e colsi un bagliore malvagio nei suoi occhi. «Sculacciata. Frustata. Legata e scopata forte. Verrai messa in ginocchio e imbavagliata col mio pisello.» Sollevò un sopracciglio. «Acconsenti?»

Mi si indurirono i capezzoli. Mi lasciai andare a una risata nervosa. Mi aspettavo che dicesse *fatta fuori.* Forse avevo visto troppi vecchi episodi dei *Soprano.* Ma Bobby

Manghini aveva un lato stravagante, a quanto pareva. Per forza preferiva gli accordi: comandare faceva parte della sua natura. L'idea che volesse affermare la sua autorità su di me con punizioni corporali non ne offuscava il fascino. Neanche un po'.

«Sì» dissi.

Sorrise e posò il suo sguardo sexy su di me. «Siamo d'accordo?»

Annuii. «Affare fatto.»

In un lampo, mi tirò via la maglia dalla testa e mi appoggiò contro uno sgabello. Si chinò per baciarmi nello stesso momento in cui le sue dita si spostarono sul bottone dei miei jeans. Attaccò le mie labbra con la lingua invadendo l'ingresso mentre baciava e succhiava.

Il calore mi invase. Stavo in punta di piedi, un braccio intorno al suo collo, cercando di tenere il passo con l'assalto. Mi tirò giù i jeans a tempo di record, non dandomi alcuna possibilità d'intimidirmi nello spogliarmi davanti alla gigantesca vetrata che si affacciava sulle luci della città.

«Lexi, sei davvero sexy» mormorò, raddrizzandosi e coprendo un seno mentre l'altra mano mi teneva la nuca. Sentire il mio nome e il suo apprezzamento mi fece stringere la figa per l'eccitazione. Fece scivolare la mano dentro il mio reggiseno e mi strofinò il capezzolo tra il pollice e l'indice. Mi inarcai, senza fiato.

Mi sistemò le mani sui fianchi, mormorando «Salta.» Quando lo feci, mi prese e mi fece sedere sul ripiano, dove mi allargò le ginocchia e mi scostò le mutandine di lato. Scattai quando la sua lingua incontrò la figa, lo shock della sensazione mi fece gettare la testa all'indietro e gemere. Ricaddi sugli avambracci, chiudendo gli occhi e dimenandomi sotto i suoi servigi.

Adoravo farmi leccare, ma non mi faceva mai venire. Bobby mi torse due dita dentro, accarezzandomi la parete interna e poi pompando, ma non riuscii ancora a raggiungere la vetta. Avevo sempre difficoltà a raggiungere l'orgasmo col partner, motivo per cui avevo messo in dubbio la sua arroganza quella sera.

Mi tirò giù dal bancone e mi portò al divano, dove mi chinò sul bracciolo imbottito. Dopo aver fatto scivolare le mutandine fino alle cosce, mi sconvolse con uno schiaffo acuto sul culo. Sussultai e cercai di mettermi in piedi, ma lui mi tenne giù con una mano nella parte bassa della schiena, continuando a sculacciarmi il culo nudo con il palmo. Gli schiaffi erano forti e l'impatto iniziale mi fece scattare, ma il bruciore non rimase che per alcuni istanti. Quando iniziai a percepire più bruciore, cominciai a cedere, cercando di trasmettergli che ne avevo avuto abbastanza. Non ero mai stata sculacciata, durante il sesso o in altro modo, e cavoli se era intenso!

Mi diede altri quattro colpi duri poi afferrò la natica e strinse. «Mmm... che delizia.»

Gemetti; il fuoco non bruciava solo sulla superficie del culo, ma dentro di me. Lo volevo – volevo il completamento – con una disperazione mai provata prima. «Ti prego...» supplicai. Il mio cuore tuonò dall'eccitazione della situazione: il sesso con un quasi sconosciuto, l'accordo da sugar daddy e il modo dominante con cui Bobby mi trattava.

Sentii il rumore di un involucro che si apriva e lo schiocco di un preservativo.

Si spinse dentro facilmente – dovevo essere più bagnata dell'oceano in quel momento. Ubriaca di bisogno, le mie palpebre svolazzarono mentre mi teneva i fianchi e mi martellava dentro.

Quando mi torse entrambe le braccia dietro la schiena come a bloccarmi – come se mi prendesse con la forza piuttosto che spontaneamente – andai in frantumi, scalciai. I muscoli si contrassero intorno al cazzo in onde infinite fino a quando non emise un suono gutturale e non mi sbatté contro, sparando il suo carico.

Stordita, collassai in una massa disossata, il viso sepolto nei morbidi cuscini. Quasi non mi accorsi se Bobby si fosse tirato fuori o si muovesse fino a quando non mi tirò su per girarmi, prendendomi da sotto le ginocchia e dalle spalle per portarmi in una grande camera da letto ben arredata.

Gli avvolsi le braccia intorno al collo e borbottai «Ok, avevi ragione sul sesso.»

Ridacchiò, scatenandomi un caldo brontolio nel petto. «Io ho sempre ragione. Anche quando mi sbaglio.» Fece l'occhiolino.

Risi. «Sei tu il capo.»

«Brava.» Mi sdraiò sul letto. La parola mi avvolse come una coperta, fasciandomi nel piacere. Ero compiacente di natura, e Bobby non era difficile da accontentare.

Non dovevo intuire cosa voleva, non dovevo esibirmi. Si prendeva cura di tutto lui, mi diceva chiaramente cosa voleva da me e cosa fare, prendendo in carico il mio corpo. Muovendomi, posizionandomi, bloccandomi, sculacciandomi. Lodandomi quando accettavo tutto. E chi lo sapeva che il piacere era un capo a cui arrendersi?

Mi rotolai sulla schiena e sbattei le palpebre verso di lui, ammirando le linee eleganti del suo busto muscoloso, immaginandolo nudo. Mai avrei immaginato di avere una reazione del genere a una sculacciata o a tanta brutalità, ma era stato l'orgasmo più veloce mai raggiunto in vita mia. E così, senza sforzo.

Bobby aveva visto in me ciò di cui avevo patito l'assenza per tutta la vita adulta?

«Dunque... so che nel sesso ci si sculaccia eccetera, ma cosa ti ha fatto pensare che mi sarebbe piaciuto?»

Strisciò su di me, sorridendo. «Non lo sapevo. Era solo quello che volevo fare *io*.»

* * *

Bobby

Guardai Lexi di sbieco mentre digeriva le mie parole, probabilmente in parte offesa e in parte eccitata. Avrei potuto descrivere tutti i piccoli segnali che aveva lanciato che mi avevano detto che era il tipo di donna che si eccitava per il dominio, ma svelare le mie mosse avrebbe solo offuscato l'elettricità che c'era tra noi.

La baciai, il palmo della mano vagò sulla sua pelle morbida. Non mi sentivo mai tenero *dopo* il sesso: l'atto in sé faceva sempre emergere la mia piena aggressività e il desiderio di controllo. Trovare una come Lexi, che non solo tollerava la mia stranezza ma rispondeva con un livello di desiderio corrispondente, era molto più che una vittoria: era una fottuta miniera d'oro. Volevo che le cose funzionassero con lei.

Le tracciai lo zigomo con il pollice. «Allora, riesci a sopportare l'idea di essere la mia ragazza?»

Fece per sedersi, ma io la tenni giù, rotolando sopra di lei e bloccandole le mani sopra la testa. Mi sorrise, come se il gesto l'avesse eccitata. Come se le stessi dando baci leggeri sulla pelle, anziché tenerla ferma.

Era sicuramente una sottomessa. Proprio il mio tipo.

«Penso di sì» mormorò. Il suo sguardo dagli occhi azzurri divenne sensuale, ma percepii una sfumatura di nervosismo in profondità. Non mi dispiaceva: dimostrava la sua intelligenza. Stava accettando l'accordo con lucidità.

Le diedi un altro bacio sulla bocca. «Mi prenderò cura di te, tesoro» mormorai, ed ero serio. Mi piaceva coccolare le mie donne. Fiori, cena, cioccolatini. L'avrei trattata bene.

Le liberai i polsi, mi scostai e scesi dal letto. «Detesto andarmene, ma devo tornare a casa» dissi.

Le mie figlie gemelle diciannovenni si erano trasferite da me all'inizio del college, quell'autunno, e mi piaceva essere nei paraggi abbastanza da sapere cosa stessero facendo. Avevo accettato di dare loro una certa indipendenza se fossero rimaste con me piuttosto che con la madre, in periferia, o nei dormitori dell'università di New York. Sì, ero dannatamente protettivo, e l'idea che vivessero in città in un dormitorio puzzolente mi faceva impazzire. Cercavo di offrirgli un posto sicuro e stabile nella speranza che tenessero almeno un po' la testa sulle spalle.

E poi non volevo che Lexi mi credesse il suo ragazzo. Non potevo essere quello che l'abbracciava di notte e le preparava il caffè al mattino. A meno che non fossimo in vacanza insieme. Questo era un contratto, e così mi piaceva.

«Mi dispiace che non ci sia molto da mangiare in cucina, ma ecco un po' di soldi, così puoi uscire per una bella colazione offerta da me.» Lasciai sul comò duecento dollari. «Hai qualche taglio domani?»

Annuì. «Lavoro dalle undici alle diciotto.»

«Mandami il nome e l'indirizzo del salone e ti vengo a prendere dopo il lavoro.» Mi sporsi e le diedi un bacio.

«Grazie.»

Lasciai un altro centinaio di dollari sul comò. «Probabilmente non hai vestiti, vero? Se hai tempo, vai a comprarti una gonna corta: voglio vedere bene quelle gambe lunghe.»

Sorrise. «Come vuoi, mio signore.»

Mi sporsi e le sculacciai di nuovo il culo, abbastanza forte da farla urlare. «Faresti meglio a stare attenta, bambina, o ti darò un vero assaggio di autorità.» Adoravo guardare i suoi occhi dilatarsi in risposta a una minaccia. Le diedi un altro bacio e me ne andai; la vittoria della nuova conquista mi dava un bel passo. Lexi era cento volte meglio dei miei ultimi errori. Forse valeva anche la pena tenerla. Anche se non sapevo neanche cosa significasse. Certamente non volevo avere una relazione romantica. Non avevo bisogno del fastidio di una ragazza, e sicuramente non avevo nessuna intenzione di risposarmi.

Quindi probabilmente Lexi era da tenere nel senso di un accordo più lungo.

Così pensavo, ma la parte più intelligente di me capì che non era realistico.

Una come Lexi non sarebbe rimasta a lungo termine, se non avessi deciso di offrirle più di quant'ero disposto a dare.

Ma adesso non dovevo certo preoccuparmene.

Per ora, avevamo raggiunto un accordo adatto a entrambi.

E se in futuro non le fosse più andato bene, avremmo sempre potuto rinegoziarlo.

Capitolo cinque

Lexi

Ricevetti un messaggio di Bobby il pomeriggio successivo allo Stylz. *Ho pagato il proprietario e riavrai le tue cose entro stasera. Ci vediamo all'appartamento invece che al lavoro.*

Lo ringraziai con emoji di cuori, baci e scarpe con tacco alto, dicendogli che gli avrei dimostrato la mia gratitudine nel modo in cui si aspettava.

Stranamente, non mi sentivo tanto sporca e a buon mercato come pensavo. Ma spensierata. Sì, fondamentalmente ero una squillo. Non una storiella da raccontare a casa. Ovviamente non era un accordo a lungo termine. Ma mi sentivo più supportata di quanto non mi fosse mai successo. Sì, andavo a letto con un mafioso, che probabilmente era anche pericoloso, cazzo, ma intanto i vantaggi valevano il rischio. Non avevo nessuna voglia di dormire sul divano di Gina o tornare a casa dalla mamma. Mi sarebbe sembrata una sconfitta. Sì, così era molto meglio. Per ora.

Mentre lasciavo che queste nuove percezioni si concretizzassero in me, mi resi conto che la sera precedente mi ero sentita sexy, desiderabile e apprezzata. E svegliarmi la mattina nel lussuoso appartamento era stato fantastico. Incredibile quanto fossero più lucidi i pensieri quando ci si trovava in un ambiente bellissimo. Il mio mondo si era stravolto completamente grazie a un sì a Bobby – all'accordo – che mi era sembrato piuttosto un sì a essere viziata in cambio di qualcosa.

Ero prontissima al fatto che qualcosa mi andasse bene. E finora, il vincolo non era stato così sgradevole. Il sesso aveva scosso il mio mondo.

Dopo il lavoro andai a fare shopping di vestiti; scelsi una gonna corta, come richiesto da Bobby. Quando tornai a casa, trovai due ragazzi robusti e tatuati che spostavano scatoloni da un camion all'ascensore. Intravidi il mio beauty all'interno di uno aperto.

«Oh! È la roba mia?»

«Sei Lexi?» chiese uno di loro.

«Sì!»

«Ottimo. Ci manda Bobby. Piacere, Tommy. Lui è Junior. Abbiamo tutte le tue cose.»

Stupita, cercai di sbirciare negli scatoloni che stavano spostando. «Le avete anche impacchettate?»

«Sì» disse il giovane, Junior. «Bobby ha un deposito qui, nel seminterrato. Ci abbiamo messo i mobili.»

Oddio. Il pensiero che avessero visto la mia roba, tutta

presa nei mercatini, mi imbarazzò. Almeno non l'aveva vista Bobby.

Li seguii dentro. «Grazie mille. Davvero gentile da parte vostra.»

«Ehi, faremo di tutto per la ragazza di Bobby» disse Tommy.

La ragazza di Bobby. Non mi dispiaceva come suonava. Soprattutto considerati i vantaggi che sembravano accompagnare l'espressione. E pareva che Tommy mi rispettasse, in quanto ragazza di Bobby. Nessuna domanda. Solo accettazione.

Cercai tra gli scatoloni per recuperare la mia lingerie più sexy e un corpetto adatto alla gonna richiesta per l'appuntamento. Bobby aveva fatto la sua parte. Io avrei sicuramente fatto la mia. Mi accorsi di divertirmi. Provavo una spensieratezza e una giocosità che non sentivo da prima dell'incidente.

Quando sentii la chiave girare nella serratura, mi strofinai le labbra per lucidarle e trotterellai verso la porta per andargli incontro. «Ehi.»

Era sexy come sempre: l'abito firmato gli drappeggiava la struttura muscolosa con morbida eleganza.

Avevo fatto del mio meglio per fare colpo, e il look ebbe l'effetto desiderato. Chiuse la porta e ci appoggiò la schiena. «Oh no.» I suoi occhi mi scrutarono passando su e giù per il mio corpo.

Mi si mozzò il fiato. «Che c'è?»

«Non puoi vestirti così.»

Inclinai la testa; presumevo fosse contento, ma non ne ero sicura.

Non lo conoscevo ancora abbastanza bene.

«Perché?»

«Perché mi faranno male le palle per tutta la sera.»

Sorrisi, seducente. «Beh, sarà meglio occuparsene prima di uscire, allora.»

«No» disse scostandosi dalla porta. «Non voglio scompigliarti i capelli quando sei così tirata.»

«Scompigliarmi i capelli?» Sorrisi, mi afferrai l'orlo della gonna corta e lo tirai su per fargli dare un'occhiata alle mutandine di rete e pizzo, prima di togliermi i tacchi e correre verso la camera da letto. *Prova a prendermi.*

Il suono della sua risatina bassa anticipò i passi pesanti, e mi afferrò alla vita proprio quando arrivai alla porta. Emisi un gridolino di eccitazione.

«Ora sei in grossi guai.» Mi fece posare i piedi a terra. Feci per scappare di nuovo, solo per farmi prendere e bloccare contro il muro per le braccia.

Scalciai con i piedi penzoloni, ridacchiando. Insinuò la sua coscia tra le mie, sporgendosi in avanti e trascinando la bocca sul mio collo. Ansimai, avvolgendogli le gambe intorno alla vita.

«Oddio» gemette. «Sai cosa mi stai facendo? Adesso ti fai scopare contro al muro. È quello che vuoi?»

Le sue parole mi infuocarono, la grossolanità del suo linguaggio mi fece scattare l'interruttore interno da caldo a bollente. Mi affondò le dita nella carne delle braccia, ma non volevo che finisse.

«Sì» ansimai.

Le sue palpebre tremolarono e inspirò profondamente, lasciandomi le braccia per palpeggiarmi il seno.

Mi tenne ferma in posizione, la schiena piantata contro il muro e le gambe avvolte intorno alla sua vita. Persi completamente la testa, tanto pazza di desiderio da non vedere l'ora di averlo dentro. Raggiunsi il bottone dei suoi pantaloni, riuscendo ad aprirlo mentre mi impastava il culo con le mani. Si portò una mano dietro per afferrare il portafoglio dalla tasca, prima di divincolarsi per abbassare i pantaloni. Dopo aver recuperato un preservativo ed esserselo messo tra i denti, gettò il portafoglio sul pavimento insieme ai pantaloni. Infilò il dito nel tassello delle mie mutandine. Trovandomi bagnata, fece un verso di approvazione. Gli strappai il preservativo dalla bocca e aprii l'involucro, afferrandogli il cazzo con una presa salda su cui farlo scivolare.

Bobby cambiò posizione per spingersi contro di me e mi scostò le mutandine di lato per affondare la cappella inguainata contro il mio ingresso. Rimasi senza fiato mentre lui spingeva più in profondità, riempiendomi. Mi tenne le cosce e usò il muro per sostenermi mentre pompava dentro e fuori, il rumore dei nostri corpi che sbattevano contro il muro che copriva le mie grida. Quasi singhiozzavo dal bisogno. L'aggressività di Bobby, il modo in cui mi maneggiava, mi faceva sentire più desiderabile di quanto non mi fossi mai sentita in vita mia. Come se mi trovasse così sexy da riuscire a malapena a controllarsi, tanto da non riuscire a coprire i due metri scarsi che ci separavano dal letto. Aveva bisogno di me tanto quanto ora io avevo bisogno di lui.

«Oddio, oh, sì!» gridò, venendo.

Spasmai intorno al suo cazzo: il suo orgasmo era

l'unica scusa di cui avevo bisogno per venire. Gli strinsi le spalle, affondandogli le unghie nelle braccia mentre la vista mi diventava nera, puntellata di scintille di luce.

«Bobby» ansimai, rauca. Finora era andata bene tre volte su tre. Parecchio per una che aveva problemi a venire col partner. Con Bobby Manghini non sembravano esserci problemi.

Rimase premuto dentro di me, respirando contro il mio collo, le dita strette sulla carne delle mie cosce.

«Sono abbastanza sicuro di averti incasinato i capelli» disse quando rallentò il respiro.

Sospirai contenta e lui mi lasciò, rilassandosi mentre mi abbassava delicatamente le gambe.

«È stato un ottimo inizio di appuntamento.» Si tirò su i pantaloni e chiuse la cerniera.

Abbassai la gonna e mi raddrizzai il corpetto. «Sì» concordai.

«Dovrò assicurarmi di ricompensarti adeguatamente.»

Non avevo idea di cosa intendesse, ma le sue parole mi eccitarono, rendendomi desiderosa di conquistare la sua approvazione durante ogni incontro.

Ci rinfrescammo e uscimmo. Mi portò all'Amore, un elegante ristorante italiano dove il maître lo conosceva per nome.

«Sal, ti presento la mia ragazza, Lexi.»

Il maître mi fece l'inchino. «Piacere di conoscerla.»

«Se viene qui, con o senza di me, devi prenderti cura di lei e metterla sul mio conto, capito?»

«Capito, signor Manghini.»

Ehm, wow. Cercai di nascondere il piacere all'idea di avere carta bianca per cenare a sue spese. Sopravvivevo da anni a tonno in scatola e burritos congelati. Che piacere enorme questa svolta.

Arrivò il cameriere e Bobby mi guardò al di sopra della carta dei vini. «Preferisci vino o un cocktail?»

«Decidi tu.»

Onestamente ero un po' sopraffatta da questi nuovi lussi tutti insieme.

A Bobby sembrò piacere la risposta, perché addolcì lo sguardo. Ordinò una bottiglia di Shiraz. «Ah, Anthony!» richiamò il cameriere.

«Sì, signor Manghini?»

«Lei è Lexi, la mia ragazza. Voglio che la tratti come una principessa, capito? Se ti dice di saltare, tu le chiedi quanto. Capito?»

«Certo, signor Manghini.» Anthony mi fece un inchino con la testa. «Non esiti a chiedermi qualsiasi cosa.»

Ok, ora mi sentivo davvero una principessa. Nessuno aveva mai detto nulla del genere in mio proposito prima. Facevo un lavoro che era un servizio. Ero io a far sentire le clienti come regine, non il contrario. Ero io a occuparmi delle persone, non il contrario. Era quasi troppo, quasi avevo voglia di dire al cameriere che non vi era costretto, che ero una poveraccia anch'io e che non doveva preoccuparsi di me. Ma chi se ne frega. Avevo creato quella situazione dal nulla.

Due sere fa ero quasi per strada, e letteralmente. Non avevo intenzione di rifiutare l'abbondanza che bussava alla porta, anche se solo temporanea. O forse *soprattutto* perché solo temporanea. Avevo intenzione di approfittare fino in fondo del rapporto con Bobby mentre potevo, cazzo.

Il cameriere se ne andò e lo sguardo di Bobby si abbassò sul mio seno, quindi mi resi conto di avere i capezzoli dritti, lì a indicargli il mio brivido anche attraverso il reggiseno senza spalline.

«Se stai cercando di fare colpo, ha funzionato» gli confidai.

Bobby sorrise. «Sono felice di saperlo, *bambina*. Tu ti prendi cura di me e io mi prendo cura di te, Lex. A proposito...» Si mise la mano in tasca. «Ho un regalo per te.»

Mi porse un nuovo iPhone, l'ultimo modello.

Lo guardai, un po' confusa. Insomma, ero felice di ricevere qualsiasi tipo di dono, ma non avevo bisogno di telefoni nuovi. Avrei preferito del denaro per pagare ad Arissa l'affitto allo Stylz.

«Non è tracciabile» disse.

Ah. Ora capivo.

«Dammi quello vecchio, che metto la scheda sim.»

Glielo consegnai e lui li scambiò. «Usa l'app del calendario per segnare gli appuntamenti al salone. È condiviso con me, così posso vedere a che ora vai e torni.»

Sbattei le palpebre. Wow. Era un campanello d'allarme? In cosa mi stavo cacciando?

«Sì, ora ti possiedo.» Fece l'occhiolino, ammorbidendo così le parole.

Arrossii. C'era solo un modo di fare questo gioco, ed era seguire il flusso. Vedere i suoi problemi di controllo come una perversione, non come un difetto. «Sei tu il capo» gli dissi.

Bobby

Dopo un altro scoppiettante round tra le lenzuola con Lexi, tornai a casa e parcheggiai in garage, felice di vedere le auto di entrambe le mie figlie nel vialetto. Dovevo esercitare un'enorme quantità di moderazione per non trattarle come se fossero ancora al liceo. Solo Dio sapeva quanto desiderassi dargli il coprifuoco a mezzanotte e chiedere il resoconto completo di dove e con chi erano state. E poi fare visita personalmente a ogni ragazzo interessato per minacciare di tagliargli le mani, se solo avesse provato a fare qualcosa alle mie bambine.

«Ciao, papà!» gridò Juliana dalla cucina. «Sto facendo le polpette!»

«A mezzanotte?» Le diedi un buffetto sulla guancia e mi sedetti su uno sgabello al bancone della colazione.

«Sì. Perché no?»

«Beh, ma pensi di mangiarle stanotte?»

Fece spallucce. «Non lo so. Forse. Le lascio pronte per quando ci va.»

Sorrisi. «Grazie, tesoro. Mi fa piacere che cucini.»

«È arrivato un elegante invito al matrimonio di Mario e Sandra.» Juliana lo indicò, aperto sul bancone.

«Ah sì. Quand'è?»

«A fine mese.»

«L'hai inserito nel calendario di famiglia?»

«Certo. Allora, dove sei stato?»

«Sì, dove sei stato?» Janine arrivò in cucina.

«Avevo un appuntamento.»

«Lo sapevo! Te l'avevo detto.» Juliana allungò il collo per guardare la sorella, dietro di me. «Hai una nuova ragazza, vero?»

Intelligenti.

«Cosa te lo fa pensare?»

«Ieri sei tornato tardi e stamattina eri contentissimo. E poi hai detto che non ci saresti stato per cena. Quindi l'ho capito subito!»

«Deduzione ragionevole.»

«Come si chiama?»

Esitai. Non mi piaceva che la mia vita sessuale stravagante si mischiasse con la vita reale. Con la piccola famiglia mia e con quella grossa. Ma per una qualche ragione, qualcosa di Lexi mi faceva venire voglia di parlarne. Forse stavo solo cavalcando il picco dei due orgasmi della notte. Forse era solo ebbrezza di potenza.

Perché era così che Lexi mi faceva sentire quando fissava quegli occhi azzurri su di me. Quando mi diceva dolcemente *Sei tu il capo*.

Quindi dissi più di quanto avrei dovuto.

«Lexi. Fa la parrucchiera, è uno schianto e anche intelligente.»

«Hai intenzione di portarcela qui?»

«No.»

«Perché no?»

«Perché non c'è bisogno che siate al corrente della mia vita sentimentale.»

«Perché no?» chiesero in contemporanea.

«È sempre stato così. Cos'è quest'improvviso interesse per la mia vita amorosa?»

Janine fece spallucce. «Vogliamo solo che tu sia felice.»

«Sì, papà» disse Juliana. «Ne abbiamo parlato. Ricordi quando tu e la mamma avete divorziato e abbiamo detto che non volevamo che vi risposaste?»

Annuii.

«Beh, scusaci. I bambini sono egoisti, sai? Ne stavamo parlando, e ci fa stare male. Ora che siamo cresciute, ovviamente vediamo le cose in modo diverso.»

Sbattei le palpebre per un improvviso bruciore agli occhi. «Grazie, ma mi piace come stanno le cose» dissi burbero. Mi squillò il telefono e, vedendo il nome di Joey, risposi.

«Hey, Bobby» disse Joey nel tono secco che significava che era una telefonata di affari. Mi alzai e uscii dalla stanza, per allontanarmi dalle orecchie delle ragazze, anche se sapevano che non era il caso di ascoltare le conversazioni di lavoro.

«Che succede?»

«La mia fonte dell'FBI ha detto che stanno ficcando il naso nella Manghini Construction. Sembra che l'operazione sia guidata dai democratici, che stanno cercando di far fuori il sindaco. Cercano tangenti volte agli accordi di costruzione della città. Troveranno qualcosa?»

«Non lo so. Non credo. Ho partecipato alla campagna con tre contributi legittimi, uno per ogni azienda.»

«C'è altro?»

«Un po' di soldi. Cinquantamila forse, non molto. Solo un piccolo bonus di ringraziamento quando abbiamo firmato il contratto.»

«Beh, possiamo sperare che sia stato abbastanza furbo da non depositarli in banca. Dovresti essere a posto. Il peggio che può accadere è che colleghino i contributi a te e ne facciano una grande campagna diffamatoria. Ma sarebbe più un problema del sindaco che tuo, e non è niente che possa interessare i federali.»

«Grazie per le informazioni.»

«Figurati. Ti tengo aggiornato, se sento altro.»

Agganciai con un sospiro. Federali. Venivano sempre a ficcare il naso.

Capitolo sei

exi
Non avevo clienti fino a mezzogiorno, quindi passai la mattinata approfittando dei servizi dell'edificio. La palestra era semplice ma pulita, e di alta qualità. Non ero tipo da palestra, ma era divertente provare, quindi feci qualche giro sulle macchine. Poi mi diressi alla piscina sul tetto, che era incredibile. Avevo entrambe per me.

Quando arrivai allo Stylz, ero una donna nuova.

Fino a quando Arissa non mi mise all'angolo nel cucinino. «Senti, Lexi. So che l'incidente è stato un brutto momento e che per un po' non hai lavorato...»

«No, lo so, lo so» intervenni. «Ti devo parecchio. Ma posso saldare qualcosa subito, e ti darò tutto il guadagno di oggi. Mi servono solo uno o due mesi ancora per riuscire a pagare l'affitto arretrato, ma ti prometto che ci riuscirò.»

Avevo i soldi che avevo programmato di dare al

proprietario di casa più un paio di centinaia di dollari che mi aveva dato Bobby, e ora che non dovevo preoccuparmi di uno dei due affitti potevo usare tutti i guadagni per saldare prima con lei per poi occuparmi delle spese mediche.

«Ma non hai pagato nessun arretrato e...»

«Mi dispiace tanto. Mi ci è voluto un po' per uscire dal buco nero, ma sto iniziando a recuperare.»

Non volevo certo spiegarle che avevo dato la priorità al proprietario di casa, né che mi avevano sfrattata.

Dietro di lei, vidi ammiccare Ondrea.

«Lascia che ti dia i soldi che ho in questo momento.» Passai oltre, anche se sembrava che l'imboscata non fosse finita.

Presi la borsa e recuperai ogni dollaro che avevo, li contai e li consegnai ad Arissa, che mi aveva seguito. «Sono novecentottantacinque» dissi.

Non ne fu impressionata. Anzi, sembrava ancora più offesa. «Hai sempre avuto tutti questi soldi in borsa?» sbottò.

Argh. «Beh, no.» Merda. Ora pensava che le stessi nascondendo qualcosa. Avrei fatto meglio a dirle la verità. «Li ho appena presi per portarteli.» Non era del tutto una bugia.

Strinse gli occhi. «Me ne devi ancora duemilacinquecento. Ne ho bisogno entro la fine di questo mese o sei fuori.»

In qualche modo riuscii a controllare il respiro, ma il cuore iniziò a battere come avessi dietro un assassino armato di ascia. Dietro Arissa, Ondrea fece una faccia inorridita. Mi stava buttando fuori?

Pensavo che fossimo in rapporti migliori. Davvero. Non ero mai stata in ritardo prima dell'incidente. Pensavo che mi conoscesse.

Sbattei le palpebre rapidamente, cercando di trattenere le lacrime.

Di cui probabilmente si accorse, perché le vidi la determinazione vacillare. «Scusa, solo che riesco a malapena a recuperare l'affitto, e tu sembri non venirmi incontro.»

«Ma ti sto venendo incontro!» insistetti, anche se non era proprio vero. «Metterò insieme il resto dei soldi. Lo prometto.» Non sapevo come, ma lo avrei fatto.

«Bene.»

Se ne andò e io mi misi all'opera, cercando di far finta che le cose non fossero completamente imbarazzanti. Anche avessi capito come mettere insieme tanti soldi entro la fine del mese, onestamente non ero sicura di voler rimanere.

Adoravo Ondrea e alcuni degli altri colleghi ma... bah.

Non avevo nemmeno il diritto di risentirmi con lei per come mi aveva trattata. Certo, aveva un'attività da gestire.

Forse ero solo... ferita. Eravamo in buoni rapporti prima. Ora era sgradevole. Dio, speravo davvero di ottenere il lavoro da formatrice.

* * *

Bobby

«Sindaco Randolph. Cosa posso fare per lei?»

«Evita le stronzate, Manghini. Sai benissimo perché sto chiamando. Mi hanno chiamato ben cinque giornalisti chiedendomi dei contratti firmati con te. Che cazzo sta succedendo?»

I giornalisti. Maledizione.

Com'era successo? Qualcuno dell'FBI doveva aver fatto trapelare informazioni sull'indagine. Doveva aver parlato di un'organizzazione in crisi.

«Ti richiamo.»

«Col cazzo che...»

Fanculo. Agganciai e lasciai cadere il telefono sul pavimento, schiacciandolo con il tallone. Aprii il cassetto inferiore della scrivania e ne recuperai uno usa e getta, ancora nella confezione di plastica. Mentre lo aprivo, uscii in corridoio dall'ufficio e scesi veloce le scale. Una volta fuori, richiamai il sindaco sul suo cellulare.

«Come cazzo ti è venuto in mente di chiamarmi dall'ufficio? Smetti di comportarti come un cazzo di colpevole: ti stai mettendo il cappio al collo da solo.»

Il sindaco tacque. «È una minaccia?»

«Gesù» mormorai. «Ti servono minacce? Non sei abbastanza preoccupato per la tua pellaccia da comportarti in modo più furbo?»

Lo sentii espirare.

«La situazione è probabilmente dovuta ai democratici ansiosi di prendere il tuo posto. Non dargli una ragione per farlo. Cos'hai fatto dei soldi che ti ho dato?»

«Li ho spesi. Ma quello che rimane è in cassaforte, a casa.»

«Sposta tutto. Ripulisci casa e ufficio da qualsiasi cosa incriminante, nel caso in cui tirino fuori un mandato. Io faccio lo stesso. Ci vediamo stasera allo Starbucks tra la quinta e Appleton, ed esamineremo le offerte rifiutate per decidere perché la mia fosse la migliore, così avrai una risposta da dare alla stampa.»

«Sembri abbastanza sicuro di te stesso.»

«Lo sono. Non hai nulla di cui preoccuparti, tranne il tuo comportamento irregolare. Fatti furbo. Sei il sindaco, cavolo. Comportati come tale.»

«Fanculo, Manghini.»

«A stasera.» Agganciai prima che potesse mandarmi di nuovo a quel paese. Accidenti. Non mi piaceva per niente la situazione.

Generalmente tenevo le cose in ordine, ma era giunto il momento di verificare che l'ordine fosse addirittura militare.

Capitolo sette

exi

Mi piazzai su uno sgabello dello Swank ad aspettare Gina. Quella sera lavorava dietro al bancone come barista, una cosa nuova per lei.

Forse stava ancora imparando.

Erano passati quattro giorni dall'ultima volta che avevo sentito Bobby.

Avrei dovuto esserne contenta. Avevo uno sugar daddy che mi aveva concesso l'uso di un bellissimo appartamento di lusso e che non aveva grosse pretese sul mio tempo.

Così continuavo a ripetermi.

Ma così non mi sentivo.

Mi sentivo come se il ragazzo per cui avevo una cotta mi stesse scaricando. Ecco la parte stupida. Bobby aveva chiarito di non essere un fidanzato e che non avrei dovuto farmi aspettative del genere. Mi aveva anche detto di essere molto impegnato. Quindi l'intera situazione mi era stata esposta chiaramente. Non avevo assolutamente motivo di essere arrabbiata. Né di sentirne la mancanza.

Ma mi mancava.

Mi ero anche chiesta se chiedergli un prestito per Arissa, ma non sapevo ancora se era il caso di disturbarlo, dato che quel mese aveva già pagato il proprietario di casa e mi aveva dato dei contanti. Magari avrei potuto chiederglielo a voce quando l'avessi visto, ma non l'avevo più visto.

«Beh?» chiese Gina quando arrivò. «Come procede con lo sugar daddy?»

Sorrisi. «Beh, alla grande. È fantastico.»

Gina s'illuminò. «Lo sapevo che vi sareste trovati bene! Com'è il sesso?»

«Sinceramente? Sorprendente. Dovrei essere a sua disposizione, ma non ho sue notizie da quattro giorni e non riesco a smettere di pensare a lui. Quasi quasi lo chiamo io!»

«Oh mio Dio.» Era scandalizzata.

«Beh, non mi sto mica innamorando» dissi, probabilmente un po' troppo in fretta. «È questo che pensi?»

Alzò i palmi delle mani. «Ehi, io non ho detto nulla. Ma non ti avevo mai sentita parlare così di un ragazzo.»

«Beh, avevi ragione. È sexy.»

«Cosa? E cosa c'è di così sexy? Che cosa fa?»

Mi si surriscaldò il viso ricordando che mi aveva piegata sul divano per sculacciarmi. Mi aveva sbattuta forte contro un muro. Scopata con le dita sul bancone della cucina. «È brutale. Assolutamente esigente. Ma siamo in sintonia. Ha senso?»

Le venne una ruga sulla fronte. «Fammi un esempio.»

«Insomma, sa quando comincio a innervosirmi e rallenta, ma se ci sto è tipo da sbatterti contro al muro e scoparti per ore.»

Gina alzò le sopracciglia. «E l'ha fatto?»

Annuii in modo lento, intimorito, soddisfatto.

«Wow.»

«Sì, Wow. Assolutamente wow.»

«Allora, raccontami... quanto spesso lo vedi? Quando vi rivedete?»

Mi vennero le farfalle allo stomaco. Non avevo sue notizie da quattro giorni, anche se gli avevo scritto un paio di volte. Speravo che il dramma dello sfratto non lo avesse spento. Avevo sicuramente bisogno di vederlo, perché Arissa mi aveva detto di pagare tutto entro la fine del mese, altrimenti avrebbe trovato un nuovo affittuario. Le avrei dato tutti i guadagni, ma non bastavano. Speravo di vederlo un paio di volte, per integrare le entrate a sufficienza da pagare almeno un mese di affitto e togliermi Arissa dal groppone.

Prima che potessi rispondere, una bionda magra si avvicinò e si sedette sullo sgabello accanto a me. Gina mi lanciò uno sguardo significativo, ma che non riuscii a interpretare.

«Cosa ti preparo?» Fece scivolare un tovagliolo da cocktail davanti alla bionda.

«Un Cosmo. Parlavate di Bobby?»

Mi girai di scatto verso di lei.

Fece spallucce. «Ti ho vista uscire da qui con lui lo scorso finesettimana. Stavi parlando di lui?»

Gina serrò la bocca e si mise a preparare il drink.

Oh, cazzo. Doveva essere la sua ex. O ex sugar baby. O qualsiasi cosa fosse. Beh, diavolo. Non ero gelosa perché era l'ex, ma comunque non mi piaceva.

Anche se... magari avrei raccolto qualche informazione in più su di lui. Come per esempio cos'aveva fatto di sbagliato la tipetta per perderlo. Avrebbe potuto essere utile. Perché avevo un incredibile bisogno che la situazione durasse abbastanza a lungo da rimettermi in piedi. Avevo bisogno di racimolare abbastanza soldi per un deposito per casa mia e, speravo, garantirmi qualche risparmio.

«Sì. Uscivi con lui?»

Annuì. «Ci esco ancora, a volte» disse, e io strinsi gli occhi. «Piacere, Stacy. Ha mai accennato a me?»

Gina scosse la testa quando la bionda non stava guardando, alzando gli occhi al cielo.

«Ehm, no.»

«Che mi dici di te? Ci esci da quella sera?»

«Sì. Mi sono trasferita nel suo appartamento.» Di solito non facevo la femmina alfa, ma in quel momento mi sentivo un po' possessiva. Ovviamente era ancora interessata a Bobby, e la cosa mi faceva incazzare. Le labbra della bionda si strinsero.

Gina le mise il drink davanti e Stacy si scolò il bicchiere. «Un altro, per favore.» Rivolgendosi a me, mi sparò un sorriso zuccheroso. «Io lì ci ho vissuto due mesi» si vantò. «Ma le cose non hanno funzionato. È ossessionato dal controllo. Ci gode a comandare, sai?»

Ovviamente. È la sua perversione, bambola. Feci un verso vago.

«Senti, hai il suo nuovo numero? Perché in settimana ho provato a chiamarlo, ma sembra che abbia cambiato di nuovo telefono. Lo fa molto spesso, sai.»

Non ci sarei cascata. Assolutamente no. Ma non lo sentivo da un po'... «Cosa intendi?»

Stacy fece spallucce. «Per le linee sicure o qualcosa del genere. Non ne ho idea. Ma ogni tanto abbandona il numero e ricomincia con un nuovo telefono.»

«Ah. Beh, e come fai a sentirlo allora?» Forse era per quello che non rispondeva ai messaggi.

«Ah, neanche tu hai il nuovo numero?» Sfoggiò di nuovo quel brutto sorriso.

Grr.

Aprì il telefono. «Posso darti il suo numero di casa.»

Strinsi gli occhi. «Perché non lo chiami a casa, allora?»

«Beh, l'ho fatto, ma non ha risposto.»

Non mi fidavo minimamente di Stacy, ma la storia dei telefoni poteva essere vera. Tirai fuori il mio e scorsi i contatti fino al nome di Bobby. «Sì, prendo quello di casa, se non ti dispiace» dissi.

«Figurati.» Mi porse il suo telefono. Lo presi e copiai il numero nei contatti, cercando di capire se avrei osato chiamarlo lì. Aveva detto di non essere il mio ragazzo. Chiamarlo a casa probabilmente mi avrebbe fatto passare come bisognosa. Mi attraversò una sensazione di freddo. E se era sposato, nonostante le tante rassicurazioni? Insomma, perché altrimenti mettere la sua ragazza in un appartamento separato, dove non dormiva mai? Ero tentata di chiamare il numero solo per vedere se avrebbe risposto una donna.

«Posso vedere il numero che hai tu?» mi chiese Stacy quando finii.

Beh, merda. Mi ci ero infilata io in quella situazione, senza dubbio. Ero certa che Bobby non avrebbe gradito che distribuissi il suo numero. Insomma, cosa mi aveva detto? Di non parlare di lui a nessuno. Cazzo.

«Ehm... certo.» Non ero proprio capace di dire di no. Era davvero un'abilità che dovevo sviluppare.

Le mostrai il numero e l'altra scosse la testa. «No, è lo stesso che ho io. Peccato. Grazie, comunque.»

Grazie a Dio. Non volevo assolutamente farlo incazzare. Stacy scivolò giù dallo sgabello e portò con sé il secondo drink.

Gina appoggiò gli avambracci sul bancone. «È stato strano.»

«Lo so. Continuavo ad aspettare che si girasse e sputasse fuoco dalla bocca o qualcosa del genere. Non credi che stesse cercando di aiutarmi, vero?»

Scosse la testa. «No. Lo rivuole, e sta cercando di tenersi vicini i nemici. Farei attenzione, se fossi in te.»

«Ok.»

Presi l'autobus per tornare a casa, e mi sedetti sul divano per pensare alla situazione. Perché Bobby non aveva chiamato? Era normale far passare tanto tempo tra gli appuntamenti per lui? Quasi desiderai averlo chiesto a Stacy. Ma così le avrei confessato di essere stata scaricata.

Se aveva un nuovo telefono, perché non mi aveva dato il numero? Che avesse perso il mio?

Presi in considerazione l'idea di chiamarlo a casa. Se avesse risposto una donna, avrei saputo che era un bugiardo di merda. Se avesse risposto lui, avrei potuto semplicemente dirgli che mi mancava. Presi il telefono e composi il numero; la frequenza cardiaca aumentò mentre aspettavo che rispondessero.

Bobby

Dopo undici ore in ufficio seguite da una riunione con il don sul possibile raid dell'FBI, finalmente riuscii a tornare a casa.

Il telefono di casa squillò e io risposi.

«Pronto?»

«Ehm, ciao!»

Riconobbi la voce di Lexi.

Espirai, sospettoso e a corto di pazienza. «Perché mi chiami qui?» Non sapevo nemmeno come avesse avuto il numero. «Ti richiamo subito io.»

Riagganciai e chiamai con il nuovo cellulare.

«Cavolo, Lexi! I fissi sono quasi sempre controllati. Ora i federali hanno il tuo numero, sai. Volevi entrare nella lista delle persone controllate?»

«Oddio. Scusa.» Sembrava nervosa. «Non...»

La interruppi. «Perché non mi hai chiamato al cellulare? Ti ho mandato un sms con il nuovo numero.»

«No invece!» protestò.

Che fastidio immenso: certo che le avevo scritto. Poi mi venne in mente una cosa. «*Dove hai preso il mio numero di casa?*»

Non rispose. L'ultima cosa di cui avevo bisogno in quel momento era il dramma femminile. Un'altra psicopatica come Stacy a perseguitarmi quando avevo già i federali ad alitarmi sul collo. Avevo bisogno di guardarla in faccia per arrivare alla radice della storia. «Sei nell'appartamento?»

«Ehm, sì, ah-ah.» La sua voce era eccessivamente gradevole.

«Arrivo subito.»

Andai al condominio per decifrarne il comportamento.

Diceva di non aver ricevuto il messaggio con il nuovo numero. Ma da dove aveva tirato fuori il mio numero di casa? E che si fosse azzardata a chiamarmi mi infastidiva.

E parecchio anche.

C'era una ragione per cui non volevo una ragazza. Volevo le cose alle mie condizioni, non alle sue. Questo suo atteggiamento sembrava invadente e bisognoso.

Sicuramente un comportamento da Stacey; pensavo che Lexi fosse superiore.

La trovai sul divano a guardare la televisione quando entrai, ma la spense immediatamente e si alzò per venirmi incontro.

Sembrava decisamente dispiaciuta, il che, dovevo ammetterlo, le conferiva uno sguardo carino. Parte dell'irritazione iniziò a scemare.

Non era pazza. Non era sulla difensiva né stava

facendo stupida. Si trattava di un malinteso. Di un malinteso che potevamo sicuramente risolvere con una chiacchierata e qualche punizione sexy.

Il pisello mi si agitò nei pantaloni, alla prospettiva.

«Sei nei guai, Lexi» la avvertii.

* * *

Lexi

Merda. Non avrei dovuto far incazzare il boss mafioso. L'uomo d'onore. Quello che era. Non volevo che l'accordo si chiudesse. Insomma, non lo volevo *per niente*. Non solo da un punto di vista economico – e la mia situazione finanziaria era ancora terribile. Ma odiavo anche l'idea di averlo stizzito. Perché mi piaceva molto.

«Lo so.» Cercai di apparire calma. «Scusa, Bobby.» Camminavo su e giù per la casa nel tentativo di non impazzire. «Ho controllato i miei messaggi dopo che avevamo riattaccato, e ho trovato quello di qualche giorno fa. Per una qualche ragione non era apparso come messaggio in entrata, quindi non l'avevo notato. Mi dispiace davvero.»

Indipendentemente dal fatto di avere il suo nuovo numero o meno, non avrei dovuto chiamarlo a casa. Ora era furioso, e non ero nemmeno sicura di cosa significasse per uno come lui. Avrebbe rotto con me? Mi avrebbe buttata fuori dall'appartamento? Mi avrebbe punita? Aveva minacciato di punirmi se avessi infranto le sue regole: sarebbe stata quella la cosa peggiore? O erano solo parole sconce?

99

Ricacciai giù le lacrime mentre mi rendevo conto di esserci dentro fino al collo.

Perché avessi pensato che mettersi con un mafioso fosse una buona idea andava oltre la mia comprensione.

Lo sguardo cupo che Bobby aveva sul volto quando era entrato si era già ammorbidito. Mi asciugò le lacrime e sospirò. «Vieni qui, bambolina.» Aprì le braccia.

Cazzo, sì. Inspirai e coprii la distanza tra noi. Mi accoccolai tra le sue braccia. Mi sciolsi in lui, lasciando che la sua forza mi avvolgesse.

«Scusa» gli dissi nella giacca del completo.

«Andrà tutto bene.» Mi baciò sulla testa. Mi tenne abbracciata per un momento, poi disse «Guardami, piccola.»

Quando sollevai il viso, abbassò la testa per incrociare e trattenere il mio sguardo. «Abbiamo delle regole. E servono alla tua sicurezza e alla mia.»

Annuii.

«Cosa ti è venuto in mente quando mi hai chiamato a casa?»

Deglutii; non sapevo come rispondere.

Strinse gli occhi. «E dove hai preso il numero?»

Feci per distogliere lo sguardo, e lui mi afferrò il mento, tenendo delicatamente il mio viso in posizione, il mio sguardo intrappolato nel suo. Alzò le sopracciglia, in attesa. Il nodo nella pancia si strinse.

«Lex?»

«Ho visto la tua ex allo Swank. Stacy... mi ha chiesto il tuo nuovo numero.»

«*Cristo.*» Serrò la mascella. «*Cristo.* Gliel'hai dato?»

«Beh, no! Non ce l'avevo. O comunque non sapevo di averlo. Scusa, non avevo proprio visto il messaggio.»

Scosse la testa. «Quindi gliel'avresti dato se l'avessi avuto?»

Merda. Arrossii. Avevo la sensazione che avrebbe capito se avessi mentito. Invece sollevai il mento. «Non ne avrei avuto bisogno perché...» Mi allontanai, rendendomi conto che l'argomentazione mancava di logica.

«Perché?»

Sbattei le palpebre per ricacciare giù le lacrime che mi riempivano gli occhi. «Mi ha detto che cambi spesso numero, e che avrei dovuto chiamarti a casa. Mi ha dato il numero. Poi mi sono sentita in debito, come costretta a ricambiare e mostrarle il numero che avevo io.»

«Capisco.»

«Scusa, Bobby. Ho davvero fatto un casino.»

La sua espressione si ammorbidì. «Sì, hai fatto un casino.»

Non sembrava più arrabbiato, a differenza di com'era al telefono. «Senti, piccola, lavoro in un settore pericoloso io. Sto cercando di tenerti fuori. Stacy si farà male se continuerà a fare cazzate con i miei affari. E non a causa mia. L'organizzazione per cui lavoro... non prende bene queste stronzate. Ecco perché ti tengo completamente protetta.»

Faticai a deglutire. «Mi dispiace davvero.»

Mi tirò più vicino e mi baciò la fronte. «Scuse molto dolci.» La sua voce si abbassò in un profondo ringhio. «Sei carina quando ti scusi.» Mi resi conto che il suo sguardo si era riscaldato, che gli occhi erano socchiusi. «Mi divertirò a punirti.»

La figa si strinse e la pancia si capovolse. Non sapevo se ero più spaventata o eccitata. Se fosse solo una perversione o qualcosa da temere. Forse un mix delle due.

Feci un passo indietro. Mi seguì, muovendosi come un predatore. Era eccitato da qualsiasi cosa stesse per fare, e questo carburò anche me.

Poteva legarmi. Torturami. Frustarmi con la cintura. Se piaceva a lui, pensavo che sarei stata bene. Strano, ma avrei preferito essere punita ogni giorno piuttosto che rifiutata.

Era passato poco, ma ero già concentrata sul volerlo compiacere.

«Piacerà anche a *me*?» La voce mi calò leggermente, mentre lo chiedevo.

Ridacchiò. «Dipende. Ti piace mescolare dolore e piacere?»

Si sbottonò il polsino e iniziò ad arrotolarsi la manica. «N-Non lo so.»

Puntò la testa verso la camera da letto. «Scopriamolo insieme. Vai in camera e togliti i vestiti.»

I capezzoli mi si irrigidirono sotto la maglia. Obbedii, eccitata quando vidi che era proprio dietro di me, che mi seguiva. Si appoggiò alla porta e mi guardò spogliarmi mentre finiva di rimboccarsi le maniche. Le mani mi tremavano mentre sbottonavo i jeans e mi toglievo il top aderente. Mi girai verso di lui, e ogni centimetro della mia pelle si riscaldò sotto il suo sguardo.

«Tutto?» sussurrai, quasi gracchiando.

Annuì, e il suo sguardo oscuro brillò.

Sganciai il reggiseno e lo buttai sul pavimento, poi sfilai le mutandine.

Slacciò la cintura e la fece scivolare fuori dai passanti. Oh, cavolo. Feci un passo indietro, emisi un lamento che mi grattò in gola.

Afferrò entrambi i cuscini dal letto e li impilò uno sopra l'altro di lato. «Sdraiati su questi.»

Il cuore mi tuonava. I piedi non si mossero.

Bobby aspettava. «Dai, bambolina. Accetta la punizione.»

Volevo fare la brava. Forse bramavo un po' di degrado e dolore perché ero eccitata mentre avanzavo, scavalcando i cuscini per sdraiarmi come mi aveva ordinato.

Il mio cuore continuò con i suoi tonfi, ma ero decisamente bagnata tra le gambe.

Fece scivolare leggermente le dita sul mio culo e lungo la parte posteriore delle cosce. «Brava.»

Di nuovo quella parola. Chissà perché, ma mi faceva molto effetto. Desideravo ardentemente le sue lodi. Volevo soddisfarlo. Compiacerlo.

Avvolse l'estremità della fibbia della cintura attorno al pugno, e io cercai di contenere l'ansia mordendo il copriletto. Sentii il rumore con una frazione di secondo di anticipo rispetto alla prima sferzata sulla del cuoio sul culo. La linea di fuoco mi sorprese con il suo bruciore, ma non fu terribile quanto temevo. Saltai mentre piazzava la striscia successiva e quella dopo. Ancora e ancora, schiantò la cintura, bruciandomi la pelle nuda a ogni colpo. Mi contorsi e rotolai sotto l'assalto continuo, e mi ritrovai a contare i colpi per gestirne l'intensità. Dopo i prime dieci divenne più facile, lo shock svanì mentre tutto il culo diventava caldo. Dopo quindici, però, ritornò il panico.

«Ti prego! Scusa!» Ero senza fiato.

Bobby non rispose: continuò solo a schioccare la pelle della cinta sulle mie tenere natiche.

«Bobby! Ti prego! Ti prego!» Mi allungai e cercai di coprirmi il culo, ma lui mi prese il polso e lo piegò dietro la schiena, trattenendomi.

«Finisce quando decido io, Lexi.»

Qualcosa nelle sue parole e nel modo in cui mi stava bloccando mi fece scattare un interruttore: insieme al dolore, divampò il desiderio. Volevo che andasse avanti, volevo ancora saggiare la sua pelle, che il morso della cintura si trasformasse in qualcosa di quasi piacevole. Più o meno, ma non del tutto. Mi divincolai alla sua presa, i fianchi ondeggiavano più sfrenatamente ora. «Ti prego» supplicai, anche se sapevo a malapena cosa volevo. «Ti prego.»

Si fermò e mi strofinò il culo bruciante. «Pensi ancora di chiamarmi a casa, Lex?» La voce era morbida. Rilassante come il suo tocco.

«Mai più» piagnucolai.

«Parlerai di me con altre persone? Darai in giro il mio numero?»

«No, Bobby.»

«Brava.»

Il piacere mi attraversò visceralmente.

Mollò il polso che aveva bloccato e mi passò la mano

lungo la schiena per appoggiarla poi sul mio culo in fiamme. «Sei stata bravissima.»

Ora era tutto un elogio, e il suo elogio era sicuramente la mia perversione. Gemetti al suo tocco, persa nelle endorfine alimentate dal dolore e dalle fiamme del bisogno.

Aprii le gambe: un'offerta. O forse una richiesta.

Fece immediatamente scivolare due dita in mezzo, e io gemetti dolcemente.

«Devo aspettare o sei pronta per il cazzo?»

La voce era profonda e ghiaiosa, come se fosse ancora più eccitato dalla mia punizione di quanto non fossi io.

«Sono pronta» mormorai.

Capitolo otto

B obby
Mentirei se dicessi di non avere una vena sadica.

Ero un pervertito bastardo, e punire Lexi me lo faceva venire più duro della pietra. Si era arresa a me come un tesoro, e volevo essere sicuro che ora ricevesse la sua ricompensa. Se avesse avuto bisogno di essere avvolta in una coperta e nutrita di gelato, gliel'avrei concesso. Ma ero sicuramente pronto a premiarla in altri modi, se si fosse sentita giù.

Mi sdraiai accanto a lei. «Vieni qui, *bambolina*.»

Lexi era bellissima in quel momento. Adoravo vederla nuda, il culo arrossato dalla mia cintura, i capelli che le ricadevano sul viso. Non riusciva proprio a incrociare il mio sguardo, e questo la rendeva dannatamente carina.

Tirai la sua bocca verso la mia, baciandole le labbra

carnose con una ferocia livida. Lei rispose in modo delicata, avvolgendomi istantaneamente le braccia intorno al collo, rispondendo al bacio come desiderosa di rimanere connessa. Si mise a cavalcioni, sbottonandomi i pantaloni. Le tirai il capezzolo, la palpeggiai e le strinsi il seno.

Mi tolse i pantaloni e si accovacciò sul mio cazzo, prendendomi in bocca. Ero già duro per lei, e la sensazione della sua bocca calda e bagnata che si chiudeva intorno alla mia lunghezza mi fece quasi impazzire. Mi portò alla frenesia, ma la fermai prima di venire. Afferrai un preservativo dal comodino, lo aprii e me lo misi.

«Salimi sopra» ordinai, la voce ruvida.

Sorrise e strisciò fino a cavalcarmi il cazzo, strofinando la cappella sulla sua succosa fessura un paio di volte prima di impalarsi su di essa.

«Oddio, Lexi» gemetti. Mi faceva sentire benissimo, cavolo.

Mi cavalcò, appoggiandomi le mani sulle spalle, facendo oscillare schiena e fianchi per creare un ritmo. Il viso divenne rosso, gli occhi dilatati vitrei. Cominciò a muoversi più velocemente, le dita scavarono nella mia pelle.

Raccogliendo la cintura che ancora giaceva sul letto, gliela avvolsi intorno al culo, usandola per fare in modo che i suoi fianchi incontrassero i miei, sbattendola contro di me con potenza.

Emise un grido acuto e si inarcò, gettando la testa all'indietro e calmandosi mentre rabbrividiva nell'orgasmo. Le palpai il seno, pizzicando entrambi i capezzoli mentre osservavo il suo picco estatico. Dopo un attimo, aprì gli occhi, dispiaciuta.

«Scusa, non volevo fare così presto.»

La sollevai. «Risali sui cuscini.»

Sembrava allarmata, ma obbedì senza fare domande.

«Non ho intenzione di sculacciarti di nuovo» dissi divertito. Mi arrampicai sulle ginocchia dietro di lei e mi spinsi dentro. «Cioè, a meno che tu non ne abbia bisogno.»

«No, signore» disse con voce sommessa.

Dannazione. Questa era proprio da tenere. Adoravo la sua sottomissione.

Mi spinsi dentro e fuori, il calore del suo culo punito amplificò il senso di potere che avevo provato punendola. Le tirai il braccio dietro la schiena, bloccandole il polso come durante le frustate , e lei andò incontro a un secondo orgasmo.

«Ti piace essere bloccata, piccola? Ti fa venire sul mio cazzo duro, da brava?»

«Oh mio dio» sospirò.

Era la mia metà perfetta. Sospettavo che tenerla ferma le avesse cambiato il senso della sculacciata, insieme all'euforia del dominio, e questo me l'aveva confermato. Sbattei contro di lei fino a raggiungere il picco di estasi, che squarciò il mio corpo come uno tsunami. «Diavolo, sì! Cazzo, sì!» gridai mentre venivo nel preservativo.

Collassai su di lei e ansimammo insieme: il nostro respiro divenne uno.

La avvolsi tra le mie braccia e rotolai su un fianco, il

cazzo ancora dentro di lei. Elargire punizioni e dolore mi eccitava sempre, e spesso formava un legame, ma la profondità della tenerezza che provavo per Lexi in quel momento era nuova.

«Va tutto bene, piccola?» chiesi.

«Sì» disse dolcemente.

Quando il cazzo scivolò fuori, emise un piccolo sospiro di delusione, e io la girai verso di me, scostandole i capelli dagli occhi. «Brava» mormorai.

Si rannicchiò più vicino. «Sono davvero brava?»

«Sì.»

«Mi tieni?»

«Sicuramente. Abbiamo un rapporto solido. Più che solido. Sei perfetta per me.»

I suoi occhi di zaffiro mi studiarono il viso.

Stavo ancora cercando di capire perché mi aveva chiamato. Stava diventando appiccicosa? Nel caso, dovevo chiudere. Non volevo mica mettere in piedi una relazione. Non mi era sfuggita l'ironia del fatto che l'avevo legata emotivamente a me solo chiedendole di sottomettersi e ricompensandola. Ero uno *stronzo*, poco ma sicuro.

Ma forse mi aveva chiamato per un altro motivo. Forse aveva bisogno di qualcosa. I miei istinti protettivi si attivarono di brutto al pensiero.

«Hai bisogno di qualcosa, piccola?» Accarezzai la sua pelle liscia e morbida. «È per questo che mi hai chiamato? Hai bisogno di soldi?»

Gli occhi le si riempirono di lacrime, che cercò di ricacciare indietro sbattendo le ciglia. «Dio» sospirò. «Ma come fai?»

Quindi avevo indovinato. Feci spallucce. «Nel mio settore bisogna essere capaci di capire le persone.»

«Ho bisogno di soldi» sussurrò, deglutendo. «Non è per questo che ho chiamato, però. Non avevo nemmeno intenzione di chiederteli... o meglio, non avevo deciso se farlo o no.»

Desiderai di avergli chiesto prima se avesse altri problemi, cazzo. Ero convinto di essermene preso cura parlando con il proprietario e recuperandole le cose, ma chiaramente c'era altro che la stressava.

«No, no, piccola» la rassicurai. «Tu appartieni a me. Ciò significa che io mi prendo cura di te. Puoi chiamarmi quando hai bisogno di aiuto. Ma non a casa.»

Lexi iniziò a tremare tra le mie braccia, trattenendo le lacrime.

«Non piangere, *bambi*. Quanto ti serve? Cosa sta succedendo?»

Abbassò il mento, premendo la fronte contro il mio petto mentre le lacrime uscivano. «Devo affittare la postazione al salone. Non sono una dipendente, ho solo in affitto uno spazio. Sono molto indietro con i pagamenti, e la proprietaria mi ha detto che se non saldo entro la fine del mese sono fuori. Mi sa che non è la mia settimana fortunata.»

«Ah, tesoro. Vorrei averlo saputo.» Le accarezzai la schiena, la curva naturale e sensuale sotto il palmo della mano. «Quanto ti serve?»

«Duemilacinquecento.»

Pochi spiccioli. Avrei dovuto lasciarle una cifra simile l'ultima volta che l'avevo vista. La baciai tra l'orecchio e il viso, poi sulla tempia. «Faccio io» mormorai.

* * *

Lexi

Lacrime di sollievo mi uscirono dagli angoli degli occhi. «Grazie.»

Bobby mi fece scorrere la mano su e giù per la schiena. «È un piacere per me. Sei la mia ragazza. Mi occuperò del problema. Inoltre, mi piace che tu sia in debito.»

Chiusi gli occhi con finto sospetto. «Che cosa ti dovrò esattamente?»

Sorrise. «Cos'hai da offrire?»

Risi. «Non molto. Una vita di tagli di capelli gratuiti?»

«Mmm.»

«Che ne dici di sesso anale?»

Rise, palpandomi il culo e stringendolo. Tirò il dito sulla mia fessura, facendomi contorcere mentre si avvicinava al buco posteriore. «Questo corpicino caldo mi appartiene già. Non è vero, tesoro?»

Strofinai il clitoride sulla sua massiccia coscia muscolosa, le sue parole mi fecero indolenzire. «Sì.»

«Un taglio o due mi farebbero comodo.»

Mi accoccolai contro di lui. Ero pazza a sentirmi così attratta da uno che mi aveva preso a cinghiate sul culo? Forse.

«Non ti sto giudicando – affatto, piccola – ma come hai fatto a restare così indietro con i conti?»

Mi afflosciai. «Ho fatto un frontale lo scorso autunno. Sono finita in ospedale con una commozione cerebrale e ho subìto un intervento al ginocchio. Non ho potuto lavorare per settimane e non avevo l'assicurazione sanitaria, quindi i conti dell'ospedale mi sono costati trentamila dollari.»

«Ah. È per questo che ti innervosisci così tanto in macchina?» Sospirò.

«Sì. Non potevo permettermene una nuova quindi non ci sono risalita subito, e ora non la sopporto.»

«Sembra disturbo post-traumatico da stress. Conosco una persona che può aiutarti a superarlo abbastanza rapidamente, se vuoi.»

Lo guardai, cercando di valutare se era serio.

Fece spallucce. «Cosa c'è? Ho avuto una situazione di merda che ho dovuto superare.»

Mi appoggiai sul gomito e gli passai le unghie tra i peli del petto. «Davvero?» Volevo saperne di più su quest'uomo. Sì, aveva detto che l'attività della famiglia era un argomento off-limits, ma mi sarei accontentata di qualche briciola su di lui o sulla sua vita personale. Era un mistero totale.

«Sì.» Alzò lo sguardo verso il soffitto. Rimase in silenzio così a lungo che pensai non mi avrebbe detto altro, ma poi disse «Mio padre è stato ucciso a colpi di arma da fuoco di fronte a me quando avevo sedici anni.»

Soffocai un sussulto, trattenni il respiro per dargli modo di dire altro.

«E, ehm, ho dovuto occuparmi della situazione da solo.»

Il cuore mi palpitò nel petto, dolorante per il suo io adolescenziale, gettato in trincea in così giovane età. «Intendi...» Esitai, perché sapevo che diventava ostile con le domande. Non avrei mai voluto che mi credesse un'informatrice che avrebbe utilizzato contro di lui queste informazioni.

Annuì. «Mi sono occupato dell'assassino.»

Proprio questo temevo. Trattenni il singhiozzo che mi strozzava la gola.

«Così sono diventato un uomo d'onore a sedici anni.»

Uomo d'onore. Frugai nella mentre tra le informazioni mafiose che avevo imparato dalla televisione e dai film. Si diventava uomini d'onore dopo aver ucciso, credevo. «Wow, che trauma.» Cercai di far sembrare la mia voce leggera, ma in parte fallii.

Bobby si tirò la mia mano alle labbra e mi baciò le dita. «Pensavo di stare bene. Ero diventato l'uomo di casa, mi prendevo cura della famiglia. Il don mi ha messo al lavoro e mi ha reso ricco. Pensavo di essere un uomo, così mi sono sposato giovane. Per anni ho sofferto di agitazione: quando si apriva una porta tiravo fuori la pistola, tipo. E poi la situazione è peggiorata, ho sviluppato una cosa strana con il sangue. Ogni volta che lo vedevo, andavo in panico o fuggivo. Non il massimo per uno che fa il mio lavoro.»

Il suo sorriso malinconico mi torse il cuore.

«No.» Mantenni la voce morbida.

«Sono stato un cazzone, non volevo che nessuno lo

sapesse. Sono un maschio alfa – noi non mostriamo debolezze, sai? E poi un giorno a una delle bambine uscì sangue dal naso e... sono andato in crisi. Mia moglie, ora ex, ha detto che ho estratto una pistola. Non verso di loro, ma di fronte a loro, come per proteggerle da qualcosa. Comunque è stato pericoloso e imperdonabile. È stato allora che ho finalmente ammesso di aver bisogno di aiuto.»

«Bobby» sussurrai, sbalordita.

Batté le palpebre. «Non posso credere di avertelo raccontato. C'è solo una persona al mondo oltre alla mia ex e alle mie figlie che lo sa: la terapeuta che ho visto per questo motivo.»

Cercai di ignorare il rivolo di piacere che mi provocò il fatto che mi avesse raccontato una cosa così personale. Non lo diceva a tutte le ragazze che si piazzava in casa. «Grazie. Sono onorata» mormorai.

Mi baciò la fronte. «Comunque la terapia è stata veloce ed efficace. Non si tratta di stare sdraiati su un divano e piagnucolare. Si chiama EMDR; ne hai sentito parlare?»

Scossi la testa.

«Non so bene come funzioni, ma fondamentalmente muovi gli occhi a sinistra e a destra mentre racconti quello che è successo, e questo cancella tutte le risposte fisiche automatiche innescate dal trauma. È un reset del sistema nervoso.»

Trovavo inaspettata quest'apparente apertura mentale.

Non sembrava certo il tipo da frullato proteico di soia e germe di grano.

«Mi ci è voluta solo una sessione, tutto qui. Vuoi vederla?»

«Non si tratta di un'altra tua ex, vero?» Chissà perché lo chiesi; forse per l'accenno all'altra sua ex. Forse stavo iniziando a sentirmi possessiva nei suoi confronti, il che era sicuramente un problema dal momento che aveva chiarito che non ci stavamo frequentando.

«No. Non è un'ex. E mi dispiace per Stacy. Sta avendo difficoltà a mollare. Se continua a fare la pazza e attira l'attenzione dell'organizzazione, avrò difficoltà a proteggerla.»

Rabbrividii al ricordo di ciò che faceva veramente Bobby. Nonostante quanto mi facesse sentire sicura e protetta, la famiglia era molto pericolosa.

Sorrise. «Sono contento che tu non ti sia sentita minacciata.»

«Ah... forse avrei voluto prenderla a pugni in quel momento» ammisi. «Ma so di non poter avere pretese su di te. Non stiamo mica insieme.»

Cercai di fare la disinvolta, come se davvero non me ne fregasse un cazzo del fatto che non era e non sarebbe mai diventato materiale da fidanzato. Come se pronunciare la frase non mi avesse fatto sentire sapore di cenere sulla lingua.

Dovevo ricordare che Bobby Manghini non era uno cui affezionarsi, nonostante sembrasse farsi strada nel mio cuore.

«Allora... ti ho fatto una domanda. Vuoi provare?»

Mi spostai più vicino. «Quanto costa?»

«Ci penso io. Pensi che ti proporrei la cosa senza pagare?»

Sorrisi. «Va bene, sì. Mi piacerebbe provarci.»

«Brava.» Mi piazzò un altro bacio sulla fronte.

Aah, la parolina magica. Quella che mi trasformava sempre in poltiglia. Pazzesco che essere "di proprietà" di Bobby Manghini avesse così tanto fascino, soprattutto visto quello che mi aveva appena fatto. Ma in quel momento non importava. Mi sentivo al sicuro e sexy tra le sue braccia forti, gestiva tutti i miei problemi con facilità.

«Devo tornare a casa, angelo.» Sembrava travolto dai sensi di colpa. «Stai bene?» Mi accarezzò la guancia.

«Beh, mi brucia il culo, ma sì.» Feci un sorriso ironico. «Sto bene. Grazie, Bobby.»

Mi baciò sulle labbra e iniziò a vestirsi. Tirando fuori il portafoglio, piazzò un enorme mazzetta di denaro sul comò. «Probabilmente ho solo mille dollari con me ora; ti porto il resto domani. Posso venire al salone nel pomeriggio.»

Mi si riempirono di nuovo gli occhi di lacrime. «Non è necessario. Basterà a levarmela dalle scatole. Ho tempo fino alla fine del mese per pagare il resto.»

«Va bene. Chiamami se non bastano.»

Mi alzai dal letto e gli avvolsi le braccia intorno al collo. «Scusa se ti ho chiamato» gli sussurrai.

Mi fece scorrere la mano lungo la schiena e mi stringe il culo. «È passato, piccola. Siamo a posto.» Mi tenne per la nuca e mi baciò possessivamente. «E ora che so che sei davvero la mia ragazza,» disse, «non c'è niente che non farei per te.»

Davvero ero la sua ragazza? Cosa significava? Credevo che non stessimo insieme. Lo guardai pronta a chiederglielo, ma si era già girato per andare. Lo sentii uscire di casa mentre mi raggomitolavo di nuovo nel lussuoso letto.

Ora che so che sei davvero la mia ragazza...

Perché ero stata così felice di sentire quelle parole?

Capitolo nove

B*obby*

Mi svegliai con la voglia di aver passato la notte con Lexi. Ero arrapato di brutto a causa sua. Ricordare quant'era sexy la notte mentre accettava la sua punizione mi aveva fatto crescere un'erezione completa, una di quelle da trattare sotto la doccia.

Ero serissimo quando avevo detto che per lei avrei fatto qualsiasi cosa. Stavo ancora rivivendo i momenti clou della serata. La soddisfazione della sottomissione di Lexi. Il legame che avevamo stretto.

Avevo già avuto delle sottomesse in passato, troie del dolore a cui piaceva sporco. O a cui piaceva durante il sesso ma che non erano in grado tollerare una vera punizione. E avevo anche avuto donne che non volevano sottomettersi alla mia autorità, ma l'avevano accettata per i soldi. Stacy rientrava nella seconda categoria. Metteva il broncio e si agitava se la sculacciavo, anche se era consenziente. Potevo anche essere un cazzone e volere le cose a modo mio, ma non ero un bastardo totale: io non forzavo le donne.

Ma Lexi era diversissima. Prima di tutto, era molto più di un corpo sexy: aveva un cervello e una vera personalità. Non era tipo da svendersi solo per un appartamento di lusso. Non avrei dovuto essere felice della sua sfortuna, ma sapevo che se non fosse stata così disperata non mi avrebbe mai concesso il suo tempo.

Forse non avrebbe mai saputo che le piaceva un amante dominante. Perché sospettavo di essere il primo, e le risposte del suo corpo alla mia autorità l'avevano sorpresa.

Ma non ero sicuro di come si sarebbe sentita per quello che era successo ieri alla luce del giorno. Una sculacciata giocosa è una cosa, una vera punizione un'altra.

Solo perché l'aveva accettata in quel momento non significava che l'avrebbe vissuta come una cosa adatta a lei il giorno dopo.

Ecco perché sarei dovuto rimanere a dormire.

Rimasi in giro fino a quando le ragazze non si svegliarono per discutere i piani della giornata, poi presi dalla cassaforte il resto del denaro di cui Lexi aveva bisogno per l'intero debito e mi diressi all'appartamento.

Usai la mia chiave per entrare, e la beccai a mangiare una scodella di cereali sul divano, in una bralette e micro pantaloncini del pigiama. Sembrava abbastanza di buonumore da mangiare.

«Buongiorno!»

Sussultò dalla sorpresa, raccolse la scodella, la tazza di caffè e un altro piatto dal tavolino e corse in cucina a lavarli.

Avrei voluto dirle che un paio di piatti non mi davano fastidio – diavolo, Stacy aveva distrutto l'appartamento quando viveva qui – ma vederla agitarsi tanto per farmi piacere mi faceva impazzire troppo.

«Scusa; non mi aspettavo di vederti fino al pomeriggio.»

Tornò in salotto e le passai le mani tra i capelli. «Eh già. Volevo vederti.»

Spalancò gli occhi, come sorpresa. O piena di speranza? In entrambi i casi, le importava. Ne ero sicuro. Vedere il bisogno nei suoi occhi mi piaceva proprio come vedere la fretta nel ripulire. Non voleva solo i miei soldi. Voleva la mia approvazione. La mia attenzione.

Avrei dovuto sentire campanelli d'allarme suonare ovunque – quello era l'opposto di ciò che volevo. O di ciò che pensavo di volere.

Solo che mi piaceva troppo per metterci un freno, cazzo.

«Ieri notte è stato bellissimo.» Aprii le braccia.

«Bellissimo, sì.» Sospirò, accoccolandosi contro di me e appoggiando la guancia contro il mio petto.

Sentii un singhiozzo e mi bloccai. Cazzo. Avevo esagerato? Le allontanai la testa dal petto. «Stai piangendo?»

«No.» Si asciugò gli occhi con il dorso della mano. «Non so cos'ho che non va.»

«Vieni qui, *bambi*.» La condussi a una poltrona e me la tirai in grembo. «Ha significato molto per me che tu abbia accettato la punizione di ieri.» Le feci scorrere il pollice lungo la guancia. «L'hai presa benissimo. È stato troppo? Stai bene?»

«Sto bene.» I suoi occhi si riempirono di nuovo di lacrime. «Scusa.» Tirò su col naso, strofinandosi gli occhi con il dorso della mano. «Di solito non faccio così.»

«Piangi quanto vuoi» le dissi. «Ti ho dato io la punizione, e posso gestirne le lacrime.»

Ecco l'altra faccia della medaglia per un dominatore. Era retrogrado e sbagliato, ma confortarla dopo averle inflitto dolore era soddisfacente come infliggerglielo. La fase successiva era importante e non meno piacevole. Le presi la nuca e le portai la testa alle mie labbra, posandole baci leggeri lungo l'attaccatura dei capelli.

Lexi

Nascosi il viso nel collo di Bobby. Mi sentivo molto nuda, emotivamente. La mia vita era stata enormemente sconvolta in settimana, e proprio non riuscivo a distinguere gli alti dai bassi. L'inizio dalla fine. Sapevo che era bello essere accettata così, anche quando ero un disastro totale. Ero contenta che fosse venuto, che avesse pensato che avrei potuto sentirmi confusa e vulnerabile dopo quello che era successo tra di noi.

«Eri davvero arrabbiato, Bobby? O faceva solo... parte del gioco?»

Mi massaggiò tracciando cerchi lenti sulla schiena. «Ero arrabbiato, sì.» Mi allontanò dalla sua spalla e mi prese il viso. Incrociando il mio sguardo, lo resse, facendomi arrossire. Mi accarezzò la guancia con il pollice. «Ma ho anche una vena di sadismo. Quindi sculacciarti è stato un piacere per me.»

Non era una grande rivelazione. Insomma, sapevo dal primo giorno che il dominio era la sua perversione. Non sapevo però se stesse cercando di dirmi qualcos'altro. Era come se ci fosse di più, come se quella fosse solo la punta dell'iceberg. Mi osservò bene. Avevo la sensazione che si stesse preparando alla mia reazione alla confessione.

Deglutii. «Quindi... ti ha eccitato?»

«Sì: come ti sei messa in posizione per me, tutta la rabbia è sparita, mutuata in preliminari.»

Valutai la mia reazione alle sue parole. Non mi ero offesa. Non ero scoraggiata. Apprezzavo l'onestà. Inoltre, mi piaceva sapere cosa lo eccitava. Di avergli dato piacere semplicemente accettando la punizione. Che in realtà non era più arrabbiato. Ma tutto l'opposto.

Mi toccò la guancia, con sguardo caldo. «L'hai presa benissimo, mia bella ragazza. Mi è piaciuto molto quando hai implorato e supplicato, ma hai comunque mantenuto la posizione.»

Avevo il viso in fiamme, ma non distolsi lo sguardo. Ne ero incapace, catturata dal suo sguardo magnetico, attratta della sua attenzione così coinvolgente.

«Mi ha legato a te. Ora so che sei davvero la mia

ragazza. Sei disposta a fare tutto quello che serve per sistemare le cose con me. Ero serio ieri quando ti ho detto che non c'è niente al mondo che non farei per te. Ho adorato la tua sottomissione alla punizione.»

«Avevo scelta?»

Fece spallucce. «Sicuramente. Sì. Hai sempre scelta. Potresti andartene di qui in qualsiasi momento, zuccherino. Non sei mia prigioniera. Ma se rimani, devi seguire le mie regole. Questo è l'accordo.»

Feci un respiro profondo. «C'è una parte di me che continua ad andare fuori di testa per tutto. Come se fosse tutto un'enorme masturbazione mentale, e stessi solo facendo il tuo gioco. Hai mai visto il film *Nove settimane e mezzo*?»

«L'ho sempre trovato sexy.»

Risi. «Ok, anch'io. Ma era per dire che era tutto sbagliato per lei. E pericoloso.»

Bobby si acciglò. «Mi credi uno psicopatico?»

Lo credevo? No. Sembrava abbastanza sano di mente, in realtà.

Scossi la testa. «No. Sono solo confusa. È tutta la mattina che sono confusa, ecco perché mi hai beccata in pigiama. Una parte di me si sente male per aver fatto casino ed essermi messa nei guai, mentre un'altra è un po' sconvolta dal fatto che mi tu abbia punita. E un'altra ancora mi dice che niente di tutto ciò è reale: è solo il modo in cui ti piace fare sesso. E infine, l'ultima parte mi dice di fregarmene di quello che fai, perché in fondo mi hai dato mille dollari. Se vuoi prendermi a cinghiate nel culo e portarci poi entrambi all'orgasmo, chi sono io per lamentarmi?»

Il sorriso di Bobby era dannatamente sexy. «Non so, Lex. È fonte di confusione. Mi piace avere la tua responsabilità. Mi piace punire, in camera da letto e sul serio. E la sculacciata nella vita reale per me è più sexy, anche quando non è sexy il momento. Ha senso dire che sapere che ti sottometterai a me nella vita reale rende il sesso più eccitante quando giochiamo?»

Mi rilassai. Era decisamente sano di mente. Sentirlo spiegarmi la sua perversione lo rendeva evidente. Capiva la sua stranezza e non credeva che punire una donna per aver infranto le regole fosse un diritto divino concesso agli uomini. Né un comportamento normale e accettato. Poteva anche essere un pericoloso criminale, ma non era uno squilibrato.

Sapeva bene quello che stava facendo. Ed ecco anche spiegato perché preferiva la storia dell'accordo rispetto a una ragazza vera.

Mi prese la mano e intrecciò le dita con le mie. «So che anche a te è piaciuta qualche parte» mormorò.

Quasi non volevo ammetterlo, anche se era vero. Perché cosa sarebbe successo se fosse diventato ancora più intenso di così? Cosa sarebbe successo se non mi fosse piaciuto più?

Portai le nostre mani unite alle labbra e gli baciai le dita in risposta.

«Quindi rimani? Sei ancora la mia ragazza?»

«Hai portato soldi?» chiesi, fingendomi avida. «No,

dai, sto scherzando. Uno scherzo di cattivo gusto. In un certo senso mi odio per averti usato.»

«Io non odio me stesso per averti usata. Neanche un po'.» Agitò le sopracciglia con uno sguardo di apprezzamento. «E sì, ho portato dei soldi. Vai a vestirti e li portiamo insieme al salone.»

Scesi dalle sue ginocchia. «Ho tempo per una doccia veloce?» gridai girando solo la testa mentre andavo in camera.

«Fai quello che devi.»

Aprii l'acqua e mi infilai nella doccia. Cercai di fare veloce per non farlo aspettare. La pesantezza e la confusione che mi avevano afflitta quella mattina erano sparite e ora, mentre mi lavavo i capelli e mi radevo le gambe, ribolliva una nuova eccitazione.

Bobby era ancora interessato me. Il debito stava per essere saldato. E la nostra conversazione onesta mi aveva fatta sentire al sicuro con lui.

Quando uscii dalla doccia, trovai Bobby seduto sul ripiano del bagno, in attesa.

Afferrai l'asciugamano. «Ah! Mi hai colta di sorpresa. Scusa, ci sto mettendo troppo?»

Come al solito, sfoggiava un'eleganza casual: pantaloni kaki stirati in modo impeccabile, camicia button-down a maniche corte dal taglio squadrato portata fuori dai pantaloni. «No, volevo solo guardare.» I suoi occhi vagarono sulle mie spalle bagnate, poi scesero giù lungo le gambe. Lasciai cadere l'asciugamano per offrirgli il panorama completo.

«Puoi mangiarmi con gli occhi, se vuoi.»

Sorrise. «Il mio amico Dean mi ha appena scritto per dirmi che ha i biglietti per la partita degli Yankees della prossima settimana. Vuoi venire?»

«Sì! Oh, aspetta» Gli lanciai uno sguardo timido mentre uscivo dalla porta. «Perché me lo stai chiedendo? Pensavo di dover essere disponibile per te ogni volta che lo chiedi, a meno che non stia lavorando.»

Con uno scatto, mi agguantò alla vita prima che potessi uscire. Trascinandomi indietro, mi posò le labbra all'orecchio, mordendone il lobo prima di ringhiare «Vuoi davvero dirmi come fare il mio lavoro?»

«No.» Risi. Mi strinse il culo, poi allungò il collo per controllarmi dietro. Mi ero guardata allo specchio la mattina, affascinata dalla rapidità con cui il culo si era ripreso dalla punizione. Erano rimaste solo poche linee rosse.

«Come sta questo bel culo oggi?»

Valutai la possibilità di mentire. Certamente non volevo che mi sculacciasse più forte. Ma sembrava così bravo a capirmi che probabilmente una bugia l'avrebbe riconosciuta subito. «Brucia un po' in alcuni punti, ma per lo più sta bene» ammisi.

Mi girò verso di lui, stringendomi e impastandomi il culo. «Ti spaventa sentirmi dire che non vedo l'ora di rifarlo?» La voce era bassa e seducente.

Dare dolore era sicuramente fonte del suo piacere. Deglutii. Il mio nucleo che stringeva e gocciolava diceva di no, indipendentemente dalla mia riluttanza ad ammettere qualcosa al mio esigente amante. «Un po'.»

«Stamattina mi sono fatto una sega ripensando a te sdraiata sui cuscini. A tutte le tue dolci suppliche.»

Arrossii, irrazionalmente contenta per la sua eccitazione.

Mi mollò per darmi una pacca sul culo. «Vai a preparati.»

«Sì, padrone.» Risi e andai in camera, dove mi infilai un top e i jeans.

«Mmm-mmm» disse quando mi vide. «Proprio di questo parlavo.»

Capitolo dieci

L exi

L'indomani finii con l'ultima cliente e spazzai il pavimento.

Era bello aver estinto il debito con Arissa; lei si stava comportando bene con me, ma sinceramente ero ancora ferita. Speravo davvero di ottenere il lavoro alla Stellar, in modo da poter lasciare quel posto.

Fedele alla parola, Bobby mi aveva fatto fissare dalla segretaria un appuntamento con la terapeuta EMDR per oggi, oltre a ceretta, manicure e massaggio in un centro nelle vicinanze. Quando gli avevo mandato un messaggio per ringraziarlo, mi aveva risposto *Mi prendo cura della mia ragazza.*

La sua ragazza.

Le parole avevano prodotto in me una tensione effervescente.

Perché non ero la sua ragazza. Per niente.

Ero quella a disposizione. Non la sua ragazza.

Ero quella disponibile per il sesso. Non una con cui dormire la notte.

Merda. E la crescente delusione per il fatto che non stavamo e non potevamo stare insieme mi diceva che covavo dei sentimenti per lui. Rischio cui mai avevo pensato.

Misi via la scopa e la cliente si alzò. La porta si aprì e una figura imponente e cupa la varcò. Bobby aveva un mazzo di rose arancioni e un look fantastico, come al solito. Il cuore mi palpitò nel vederlo, l'adrenalina cancellò la stanchezza di una giornata in piedi a lavorare. Il dolore e la rigidità del ginocchio. Ondrea era già andata a casa, e io e la cliente eravamo le uniche presenti nel salone.

Sorrisi e alzai il dito per indicare che ci avrei messo un minuto.

Annuì, appoggiandosi al muro, le braccia conserte sul petto, i fiori infilati sotto un braccio.

«Oh, e quello chi è?» chiese Joanna.

Sorrisi. «Il ragazzo con cui esco stasera.»

Già. Nonostante i tanti e severi promemoria che mi dicevano di soffocare ciò che provavo per Bobby, non potevo negare il livello di eccitazione che mi svolazzava in petto.

«Ah» mormorò Joanna con apprezzamento. «Sei fortunata.»

Dopo che pagò e andò via, feci per togliermi il grembiule.

«Aspetta solo un secondo, bellezza. Sono venuto per uno dei miei tagli» brontolò Bobby.

«Oh!» Legai di nuovo il grembiule «Va bene, vieni.»

Si sedette, guardandomi dallo specchio con sguardo predatorio. Lo girai per metterlo in posizione, avvicinandomi a un suo ginocchio e facendogli scorrere le dita tra i capelli. «Solo una spuntata?» dissi, tutta fusa.

Mi afferrò il culo e lo impastò con presa possessiva. «Sì. Ciò che ti pare meglio.»

Gli presi la mano e la tirai. «Dai, ti faccio lo shampoo.» Portandolo ai lavandini, gli offrii una sedia e la reclinai, con l'acqua alla temperatura perfetta, prima di usare il getto per bagnargli i capelli. Qualcosa nel viziarlo rendeva l'intera esperienza erotica, mi dava un senso di potere simile a quello che provavo quando gli facevo un pompino. Feci con calma, gli massaggiai il cuoio capelluto con lo shampoo, e i miei polpastrelli divennero uno strumento sensuale per stimolare il suo piacere; i suoi sospiri di apprezzamento alimentarono il mio desiderio di compiacerlo.

Una volta lavato, risciacquato e ripetuto i passaggi, un costante impulso di desiderio mi attraversò.

«Lexi» disse, burbero. «Se non ti siedi subito sul mio cazzo, scoppio.»

«Scoppi, eh?» dissi con voce seducente mentre sollevavo lo schienale della sua sedia per metterlo in verticale e avvolgergli un asciugamano intorno alla testa. Feci il giro per passargli davanti e mi inginocchiai per sbottonargli i pantaloni e abbassargli la cerniera.

«Ah-ah» fece lui quando liberai la lunghezza e mi sporsi in avanti per prenderlo in bocca. «Ti ho detto di *sedertici* sopra.» Tirò fuori il preservativo e inguainò la sua lunghezza tesa.

«Ah sì. Comandi tu, vero?» Mi misi in piedi.

«Vieni qui.» Mi sollevò la gonna e mi tirò in avanti perché lo cavalcassi. «Non è che non sai fare un gran bel taglio» disse, come temendo di offendermi. Mi accarezzò le labbra della figa attraverso le mutandine, poi le fece scivolare via e immerse due dita nei miei succhi. Sussultai, scostandomi dallo shock di piacere. «È solo che ho proprio bisogno di entrarti dentro adesso.»

Mi coprì il culo e mi tirò i fianchi, perché la figa esposta gli si strofinasse sul lato del pisello.

«Sì» ansimai, afferrandogli il membro e sollevando i fianchi per guidarlo dentro.

Chiuse gli occhi, tenendomi le natiche e tirandomi contro di lui con forza, dondolando i fianchi ogni volta per spingere. Trovammo un ritmo condiviso: io scorrevo avanti e indietro, cercando di portarlo sempre più in profondità.

Che meraviglia. Vedere la lussuria nella sua espressione mi dava potere. A quel ritmo, non sarei durata a lungo. «Oddio» gemetti.

«Lexi...»

Il mio nome pronunciato con tale apprezzamento alimentò ancora di più la mia passione: gli artigliai la schiena, con un'aggressività animalesca equivalente alla sua. «Ti prego!» piagnucolai.

«Vai, piccola» mi esortò, e al comando io mi sciolsi. Quelle parole erano tutto ciò di cui avevo bisogno per raggiungere la vetta e buttarmi nel precipizio dell'estasi.

Tremando tutta, venni, fermandomi ad assaporare la sensazione di averlo così profondamente dentro di me. Quando la stanza smise di girare e il mio respiro si calmò, aprii gli occhi per guardare le linee espressive del suo viso. Aveva un'aria da gatto soddisfatto, con gli occhi socchiusi e sexy. «Ora posso anche farmi tagliare i capelli.»

Mi allontanai, cosa difficile a causa del languore post-climax. Mi aiutò a rimettermi in piedi e mi porse le mutandine che avevo gettato, si sbarazzò del preservativo, poi mi seguì di nuovo alla sedia, rilassato quanto me.

Gli feci indossare la mantellina. I suoi capelli erano semplici da tagliare, ma feci con calma per ricercare il risultato perfetto.

Gli squillò il telefono proprio mentre stavo finendo. Guardò il nome e si alzò dalla sedia prima che avessi modo di spazzolarlo e rimuovere la mantellina.

«Devo rispondere.» Andò verso il retro del salone. Spazzai i capelli e buttai un carico di asciugamani a lavare. Poi seguii la direzione in cui era andato Bobby per recuperare la mantellina e pulirla. Alzò il dito accigliato quando lo trovai.

«Devo solo prendere la mantellina» sussurrai, sfrecciando in avanti per togliergliela.

«No.»

Il tono fu abbastanza acuto da farmi saltare. Girai sui tacchi e mi ritirai, più offesa di quanto avrei voluto.

Andai in lavanderia, anche se lì non avevo niente da fare.

Rimasi in piedi davanti alla lavatrice, senza rendermi

conto delle forti braccia di Bobby che mi chiusero da dietro. Non fu ruvido né esigente. Ma conciliante.

«Scusa. Non intendevo fare lo stronzo.» Fece scorrere le sue mani su e giù per le mie braccia, sulla vita. Mi girai verso di lui. «Sono stato un coglione. Non avrei dovuto fare lo scontroso.» Mi afferrò il viso. «Mi perdoni, Lex?»

Il naso mi bruciò inspiegabilmente, e annuii.

«Erano... affari. Sono sicuro che non vuoi ritrovarti a sentire qualcosa che ti renderebbe utile ai federali e una responsabilità per la famiglia. Stavo cercando di proteggerti, *bambi*.»

Roteai la testa. «Capisco.»

«Eccola, la mia ragazza.» Mi sfiorò le labbra con le sue, poi le baciò dolcemente, convincendomi a rispondere. Quando si allontanò, mi accarezzò la nuca e sotto il mento con un dito. «Posso rimediare?»

Bobby

Sollevai Lexi per farla sedere sulla lavatrice e le allargai le ginocchia. Le parole valevano poco. Gli orgasmi andavano oltre, quando si trattava di scusarsi. Le spinsi il culo fino al bordo e spostai il tassello delle mutandine di lato.

«Ti farò venire così forte da farti dimenticare tutto tranne il fatto che possiedo questo dolce corpicino.» La leccai dentro, tracciandone con gran calma le labbra e poi facendo roteare la lingua sul clitoride. Quando divenne succosa e iniziò a gemere, le feci scivolare due dita dentro con una mano. Con l'altra le afferrai la gola.

Non strinsi – non lo avrei mai fatto senza prima averne parlato, ma le diedi l'idea della restrizione. La sensazione di essere posseduta.

Chiaramente fu una svolta, perché si scatenò, ondeggiando i fianchi per portare le mie dita più in profondità e facendo i versi più avidi e carini del mondo.

Smisi di accarezzarle il punto G per scoparla invece con le dita, urtando con due polpastrelli il fascio sensibile di nervi ogni volta che le colpivo la parete interna. Lei piagnucolò e gemette, stringendo le ginocchia intorno alle mie spalle.

Spostai la lingua sul clitoride nello stesso momento in cui pompai con le dita. Ci vollero solo pochi secondi prima che urlasse il mio nome, con il canale stretto che stringeva e mi pulsava intorno.

«Ecco, *cara mia*.» Tirai fuori le dita, la feci scendere dalla lavatrice e la girai. «Togliti le mutandine per me.»

Era stordita, ma riuscì a eseguire le istruzioni mentre tiravo fuori un altro preservativo e lo srotolavo sul cazzo, per una volta con la voglia di evitarlo per sentire ben bene la sua figa calda avvolgermi il cazzo nudo.

Premetti contro l'ingresso, gemendo mentre mi accoglieva all'interno, mentre le pieghe paffute si separavano regalandomi la più dolce delle sensazioni mentre si chiudevano intorno alla cappella. Le strinsi entrambi i gomiti e li tirai indietro, premendole il petto verso la lavatrice mentre la montavo.

«Di chi sei, bella?»

«Ah...»

La scopai più forte. «Chi ti fa venire, tesoro?»

«Tu!» sussultò.

Stavolta finii, sbattendo il bacino contro il suo, fino a quando non venni con un ruggito. «Vieni, Lexi!» ordinai, e lei si lasciò andare, il suo corpo obbediente alla mia volontà, i suoi muscoli che si stringevano attorno all'uccello in un crescendo pulsante.

Anche dopo essermi tirato fuori, dopo aver tolto il preservativo e chiuso i pantaloni, la tenni immobilizzata contro la lavatrice. Tracciando un dito lungo la fessura del culo, toccando la piccola increspatura rosa.

«Ti hanno mai presa qui?»

«No» ansimò.

«No? Con un culo così dolce? Ridicolo.» Premetti il dito con più insistenza. Si strinse contro l'intrusione. «Allarga le gambe, piccola.»

Piagnucolò dolcemente e si aprì di più. Alzai le dita, sculacciandole leggermente la figa. Lei gemette. Ripetei l'azione, sculacciandole la figa ancora e ancora, felice che, nonostante i piagnucolii di protesta, si tenesse perfettamente ferma.

Immersi il pollice nei suoi succhi per lubrificarlo, poi lo spinsi contro l'ano, guadagnandomi l'ingresso mentre le facevo scivolare due dita nella figa allo stesso tempo. La sbattei con le dita, prima premendo il pollice, poi le due dita, alternando i buchi mentre i lamenti di protesta e bisogno diventavano più forti.

Si lasciò andare al quarto orgasmo con un urlo, esplodendo in un singhiozzo di sollievo mentre il climax la scuoteva.

Allentai le dita e la aiutai a rimettersi mutandine, poi le abbassai la gonna. Voltandola verso di me, la baciai. «Siamo pari?»

Annuì. Aveva gli occhi dilatati e sembrava ubriaca, le ginocchia le traballavano. Le misi il braccio intorno alla vita e la guidai verso la porta.

«Cos'altro devi fare per chiudere?» Si guardò intorno in modo assente.

«Ehm... solo chiudere, credo.»

Mi lavai le mani nel lavandino e mi fermai alla sua postazione. «Dov'è la tua borsa?»

Scosse la testa, come per riprendersi. «Ah! Sì.» Aprì un cassetto e la recuperò, tirando fuori le chiavi. Mise l'allarme e uscimmo. Quando individuò la chiave corretta, gliela presi e chiusi a chiave io.

«Ti porto a casa, ma non posso restare. La telefonata era una cattiva notizia.»

Mi scrutò; ritornò l'intelligenza acuta, ma capì che era meglio non chiedere. Quando raggiungemmo l'appartamento, la accompagnai alla porta e me la tirai tra le braccia, baciandola. Percepii delusione per l'anticipata conclusione dell'appuntamento, ma non si lamentò.

Anche se le avevo già dato duemilacinquecento dollari per l'affitto all'interno del salone, le misi altro denaro nella borsa senza che se ne accorgesse. Viziarla era il mio nuovo hobby preferito.

«Buonanotte, piccola. «Fa' la brava.»

Mi avvolse le braccia intorno al collo e mi offrì le labbra, ma la ruga d'espressione tra le sopracciglia mi diceva di non andare. Cazzo. Che voglia di rimanere. Davvero. Ma i federali mi avevano requisito tutti i documenti finanziari. Erano tra le priorità dell'agenzia governativa.

Il sindaco aveva già chiamato cinque volte. Quindi, anche se sentivo che Lexi si stava tirando indietro, il che significava che sfuggirle quella sera era un errore, la baciai ancora una volta e me ne andai.

Capitolo undici

L Due giorni dopo, uscii dall'ufficio della terapeuta con un passo diverso. Bobby aveva ragione: sembrava che l'EMDR mi avesse completamente liberata dal trauma dell'incidente. Ero andata nello studio a descrivere l'incidente, momento per momento, muovendo lentamente gli occhi da un lato all'altro. La terapeuta mi aveva fatto rivivere quelle immagini inquietanti per poi evocare ciò che avevo provato. Quando avevo fermato il movimento degli occhi, tutto il terrore aveva perso presa.

Anche se avevo preso un appuntamento di follow-up, ero uscita completamente trasformata, quindi dubitavo di aver bisogno di ulteriore aiuto. Come a conferma di tanto ottimismo, quando poi controllai la segreteria trovai un messaggio delle risorse umane della Stellar che diceva che volevano prendere appuntamento per un colloquio.

«Sì!» sussurrai ad alta voce mentre andavo alla

fermata dell'autobus. Feci il numero e, per un terzo miracolo, organizzai il colloquio per martedì pomeriggio, poche ore dopo il massaggio organizzato per me dalla segretaria di Bobby.

Sarei stata rilassata e pronta a stupirli!

Chiamai Gina. «Indovina un po'?»

«Cosa?»

«Ho un colloquio per il lavoro!»

«Fantastico! È bellissimo, e te lo meriti!»

«Sono elettrizzata. E si dà il caso che Bobby mi abbia programmato un massaggio per quel giorno, così sarò fresca, calma e padrona di me.»

«Un massaggio, eh? Sono contenta per te.» Sembrava colpita.

«Lo so. Si prende cura di me. Ti ho detto che ha pagato anche l'affitto al salone?»

«Cosa ti avevo detto? È uno da tenere.»

«Beh, non proprio.»

«Perché, cosa intendi?»

«Niente. Solo che non è disponibile. A meno che non voglia rimanere a sua disposizione per il resto della vita.»

«Ah. Capito. Mi dispiace.» Rimase in silenzio un momento, e desiderai di non averne parlato. Ricordarmi dello stato di non-relazione con Bobby era un po' deprimente in una giornata altrimenti luminosa. «Un bello schifo, eh?» Era come se alla fine l'avesse colpita il fatto che la soluzione che aveva pensato per me – mettermi con uno sugar daddy – fosse una fregatura.

«Già.»

«Beh... non preoccupartene per ora. Divertiti a farti

trattare da principessa. Ti meriti un po' di coccole dopo tutto quello che hai passato nell'ultimo anno.»

«Sì, grazie. È un po' quello che penso anch'io. Per il momento va bene. Solo che non sarà permanente. Ok, devo andare. Dovrei chiamare Bobby.»

«Va bene. Abbi cura di te, tesoro.»

«Anche tu. Ciao!»

Attaccai e feci il numero di Bobby; il polso accelerò, come faceva sempre quando interagivo con lui.

«Ehi, bambolina.»

Le farfalle che avevo nel petto spiccarono il volo come sentii il suo tono profondo. «Ehi! Grazie mille di avermi preso appuntamento con la terapeuta. Mi sento completamente trasformata. Che differenza!»

«È fantastico. Ne sono felice.»

«E ho anche scoperto che farò il colloquio, sai, per la posizione di formatrice.»

«Ricordo benissimo: per questo hai scattato foto del portfolio. Congratulazioni. Quand'è?»

«Martedì pomeriggio.»

«Fantastico. Ti porterò a fare shopping, a caccia di vestiti, a meno che tu non sappia già cosa indossare.»

Ehm, wow. Che tipo. Adorava proprio fare lo sugar daddy. Non che mi lamentassi, eh. «No, ehm, mi farebbe molto piacere. Grazie!»

«Senti, *Bambi*, vorrei portarti fuori stasera per festeggiare, ma sono nella merda fino al collo al momento. Cercherò di uscirne più tardi, se posso.»

«Certo... nessun problema.»

Ero irrazionalmente delusa. Non mi aspettavo che mi

portasse fuori a festeggiare, ma ora che aveva espresso il desiderio lo volevo tantissimo. Mi mancava. Ne avevo bisogno.

«Ok, ti mando un messaggio se penso farcela. Ciao, bambolina.»

Attaccai rapidamente, perché la delusione mi colpì come un rullo compressore, abbassandomi l'umore.

Feci un respiro profondo ed espirai. Ah. Stavo diventando troppo bisognosa. L'accordo era molto preciso: non stavamo insieme. Non potevo avanzare richieste né aspettarmi cose da fidanzato.

Lui era il capo. Io ero essenzialmente una sua dipendente.

Ma non riuscivo a separare le emozioni dal sesso. Mi stavo sicuramente innamorando di Bobby. O comunque lo volevo. E già intravedevo il crepacuore incombente.

Lexi

Dopo il lavoro me ne andai all'Amore, il ristorante dove Bobby aveva detto al personale che potevo cenare a carico suo. Immaginavo che a Bobby avrebbe fatto piacere portarmi fuori, quindi in un certo senso glielo permisi. Non avevo mai cenato da sola, specialmente in un posto di lusso con "amore" nel nome, ma tenni la testa alta e mi feci forza. Il maître e il cameriere si ricordarono di me senza che io dicessi nulla, il che mi mise parecchio a mio agio.

Ordinai un bicchiere di vino e una Caesar salad con

pollo e aggiunsi due nuove foto al profilo Instagram Lexi Styles Hair. Cercavo di pubblicare foto di nuovi tagli o colpi di sole ogni settimana.

In realtà era proprio tramite l'account che avevo scoperto la posizione allo Stellar. Qualcuno di lì aveva visto il mio ultimo reel e mi aveva inviato un messaggio invitandomi a candidarmi. Sembrava destino, ma stavo cercando di non alimentare le speranze.

Il vino era delizioso e l'insalata mi riempì. Ero sola, ma cercai di godermi la solitudine. Ecco cosa significava essere di Bobby. Ero a sua disposizione, ma lui non alla mia.

Mi rese ancora più felice di essermi "lasciata" viziare da lui. Se le cene qui rientravano fra i bonus, dovevo approfittarne, visto che non potevo avere il pacchetto completo.

Scacciai i pensierini pietosi dalla mente e mi concentrai sulle portate. Era stata comunque una grande giornata, indipendentemente dalla disponibilità del mio... che cos'era per me? Fidanzato? Proprietario?

Preferivo proprietario a fidanzato, in realtà.

Quando fu ora di andare, il cameriere confermò che era già tutto pagato, ma lasciai una grossa mancia in contanti dal momento che mi avevano fatto sentire come una principessa. Quando tornai a casa, trovai un mazzo di rose lavanda in un vaso in attesa fuori dalla porta. C'era un biglietto di congratulazioni da parte di Bobby.

Mi si appannarono gli occhi e cancellai tutto il risentimento dalla mente. Non era proprio il caso di vedere il bicchiere mezzo vuoto. Né guadare in bocca al caval donato. O qualsiasi altra metafora si adattasse alla situazione.

Gli mandai un messaggio per ringraziarlo delle rose e fargli sapere che avevo cenato all'Amore.

Cercai di non sentirmi delusa quando non rispose.

Alle ventitré smisi di aspettare che si facesse vivo e mi misi in pigiama, spensi le luci e andai a letto.

Mi svegliai al suono della voce di Bobby.

«Ehi, piccola.» Si arrampicò sulle coperte. Le sue mani trovarono il mio seno, accarezzarono il mio corpo.

«Ehi» mormorai intontita mentre il mio corpo si riscaldava al tocco delle sue carezze lussuriose.

Fece scivolare una mano lungo la parte anteriore dei pantaloncini del pigiama per palpare il monte di venere. «Stasera ti becchi una sculacciata» mi mormorò all'orecchio.

Mi bloccai. «Cos'ho fatto?»

«Niente.» Le sue dita scivolarono sulla figa bagnata e mi rilassai. «Ho solo voglia di schiaffeggiarti il tuo dolce culo.»

Mi fece rotolare sulla pancia, bloccandomi con il suo corpo. «Farai la brava e me lo permetterai o devo aspettarmi che tu faccia la cattiva?»

Mi lamentai. Le sue parole mi fecero contorcere, o forse furono le sue mani. Il corpo si accese per il trattamento possessivo.

«Sei tu il capo» dissi, seducente. C'era un certo potere nel sentirselo chiedere, una certa eccitazione nel concedergli ciò che voleva, combinati con il brivido della paura di sapere oltre ogni ombra di dubbio che gli piaceva arrecare dolore.

Affondò le dita spesse nei miei capelli, massaggiandomi il cuoio capelluto prima di chiudere il pugno e tirarmi indietro la testa. «Mmm. Esatto, sono io il tuo capo, non è vero, dolcezza?»

«Sì, padrone» gemetti.

Mi morse l'orecchio. «Mi piace che mi chiami così.»

Mi piaceva quando diceva *mi piace*. La sua approvazione mi eccitava tanto quanto la parola "brava", mi rendeva calda e formicolante.

Salì e scostò le coperte. La mia frequenza cardiaca aumentò quando mi sollevò i fianchi in aria, quindi mi trovai in ginocchio con il viso e il petto ancora premuti nel cuscino.

Bobby mi accarezzò con la grande mano la curva del culo. «Di chi sei?»

«Tua.»

Scese dal letto e rimase lì accanto.

«Sei mia al punto che posso fare tutto ciò che voglio?»

Girai la testa verso la sua voce, che risuonava nell'oscurità. «Sì.»

«Che posso scoparti come voglio?»

«Sì.»

Si mosse vicino alla mia testa e sentii il rumore di una cerniera. «Apri la bocca.»

Gli presi l'uccello, ma lui mi afferrò il polso.

«Niente mani» mormorò, con la voce bassa e sensuale. «Voglio scoparti la bocca.»

Trovai la cappella con le labbra, e lui si spinse dentro.

«Ecco, bellezza. Sei perfetta. Volenterosa.»

Emisi un verso ovattato di assenso. Mi cullò la nuca e si tuffò lentamente dentro e fuori dalla mia bocca, controllandomi completamente.

Bobby

Ero a un passo dall'orgasmo. Lexi era incredibilmente sexy con la faccia girata di lato, le labbra imbronciate avvolte intorno al mio cazzo. Non volendo ancora venire, glielo tirai fuori.

«Fammi vedere il culo» ordinai.

Che mi si adeguasse istantaneamente mi faceva venire le vertigini di lussuria, il potere e l'euforia del dominio che mi scorrevano nelle vene come una droga potente. Il suo gemito mi fece ansimare.

Le schiaffeggiai il fondoschiena; il palmo aveva una mira perfetta, anche nella penombra. La schiaffeggiai di nuovo, con leggerezza dal momento che era piacere e non una punizione, e volevo che arrivasse con calma. Continuai con sculacciate leggermente più forti mentre lei si lasciava andare a piccoli sussulti e agitava il culo, come invitandomi a schiaffeggiarla più forte.

Dopo qualche decina di colpi, aumentai l'intensità, rallentando per darle il tempo di digerire il bruciore.

«Adoro sentire le tue grida» le dissi.

Fece un verso disconnesso.

La schiaffeggiai un po' più forte. «Adoro vedere le impronte delle mie mani sul tuo culo. Lasciare il segno.»

Gemette.

«Ci credi che è un'espressione di amore, Lex?»

Si fermò, come in ascolto.

Strisciai su di lei, afferrandole di nuovo i capelli nel pugno e tirandole indietro la testa. Le parlai all'orecchio con i denti serrati. «Mi fa impazzire che tu ti conceda a me in questo modo.»

Il suo grido di eccitazione mi mandò oltre il limite; le allargai le cosce con le ginocchia e, inguainato il cazzo, mi spinsi dentro senza preamboli. Sapevo che sarebbe stata più che pronta per me, e le pieghe rimpolpate e gonfie della figa si aprirono come un fiore. Mi persi nel suo delizioso calore, gli occhi mi rotearono indietro mentre ogni pensiero razionale spariva.

Il gemito di Lexi mi riportò indietro, e mi allungai in avanti, sollevandole la testa con il palmo sotto il mento, chinando la schiena mentre continuavo a sbattere contro di lei. Emise un lamento sorpreso. L'angolazione dei suoi fianchi mi dava modo di spingermi perfettamente verso il punto G.

«Chi ti scopa, Lex?»

«Tu, padrone!» disse, disperatamente bisognosa.

Venni, perdendo di nuovo la testa mentre la liberazione mi esplodeva attraverso ogni senso. «Oh... Dio!» gridai.

«Sì!» urlo lei.

Le lasciai il mento e la spinsi nel letto dalla nuca, trattenendola mentre scattava sotto di me con il suo bellissimo climax. Tenni i nostri corpi bloccati insieme in quel modo, il cazzo ancora immerso in profondità dentro di lei,

il suo culo ancora caldo per le sculacciate, il busto tratte-
nuto sotto il mio palmo.

Mi mossi lentamente dentro e fuori, accarezzandola
con l'uccello, anzi, accarezzando l'uccello con il suo delizioso calore. Lei fece un verso soddisfatto e io lo tirai fuori
e tolsi il preservativo, gettandolo nella spazzatura. Mi
sedetti accanto a lei, prendendola tra le mie braccia.

«Grazie, Lexi. Sei la cosa migliore della mia vita in
questo momento.» Scacciai i pensieri, perché non volevo
assolutamente pensare alla valanga di merda che i federali mi stavano buttando addosso. Lexi aveva alleviato
ogni grammo di tensione che mi portavo dietro. Mi addor-
mentai con la mia ragazza stretta in un abbraccio, proprio
come volevo.

Capitolo dodici

Bobby

Mi svegliai con la sensazione delle unghie di Lexi che mi solleticavano la schiena. «Mmm» mormorai.

«Avevi deciso di passare qui la notte?»

«Sì.» Chissà perché avevo infranto le regole. Se non per una semplice verità. «Volevo stare con te.»

Avrei dovuto alzarmi, mettere a cuccia l'uccello e portarlo fuori da qui prima che uno di noi alimentasse altri sentimenti verso l'altro. Perché era quello che stava succedendo.

A me stava sicuramente succedendo, ma ero abbastanza certo che Lexi ci fosse arrivata da un po'. Avrei dovuto mantenere chiari i confini. Era un accordo questo, non una relazione. Lei era il mio giocattolino. Era così che mi piacevano le cose.

Il mio corpo si rifiutava di muoversi, però. Adoravo fin

troppo stare con lei. C'era qualcosa di molto rigenerante in Lexi. Era genuina. Onesta.

Mi passò di nuovo le unghie perfette sulla schiena. «È bello svegliarsi con te.»

C'era una timidezza nella sua voce che mi fece venire voglia di rassicurarla. «Sì. Anche a me piace.» Mi rotolai sopra di lei e le baciai il collo. «Sei speciale, Lex. Mi piaci molto.»

«Ti *piaccio?*» Mi spinse via esagerando scherzosamente la reazione offesa. «E sculacciarmi è un segno di amore, giusto?»

«Ah-ah.» Mi sedetti e me la trascinai sulle ginocchia. «Non metterai mica il broncio adesso, vero?» Piazzai una raffica di sculacciate sul suo bellissimo didietro, adorando che le natiche si appiattissero e tornassero della loro forma sotto il mio palmo.

«Ahi! No!» Portò le mani indietro per proteggersi.

Mi sporsi e baciai una natica, poi l'altra, poi la lasciai. «Bene» dissi. «Perché altrimenti avresti bisogno di qualche sculacciata in più.»

Sbatté le palpebre dei suoi bellissimi azzurri. Adoravo come mi guardava: completamente arresa, in sintonia con il mio umore, coi miei comandi. Una sottomessa perfetta.

«Cosa vuoi per colazione?» Rotolò via e scese dal letto.

Mi girai pigramente per guardarla. «Vuoi uscire a mangiare? A che ora devi andare al lavoro?»

«Non prima delle undici. Ma voglio prepararti colazione. Cosa mangi?»

Ah, dannazione. *Voleva prepararmi la colazione.* Non

riuscii a impedire a un ampio sorriso di affiorarmi in volto. Per quanto mi piacessero il comando e il controllo, era dannatamente rigenerante stare con una che voleva fare qualcosa per me, e non solo perché gliel'avevo detto *io*.

«Tutto quello che ti pare, zuccherino.»

«Ti va bene tutto? Nessuna restrizione dietetica? Qualcosa che odi?»

«No. Fai tu. Tu prepari, io mangio.»

Si buttò addosso una vestaglia corta e saltò via, entusiasta.

Andai verso la doccia, ancora intontito dalla mancanza di sonno e dal relax del buon sesso di poche ore prima. Ero arrivato dopo le tre del mattino, e poi avevamo trascorso un'altra ora a fare l'amore. Beh, forse amore non era il termine giusto per quello che avevamo fatto. Ma i postumi sembravano amore senza dubbio, cazzo.

Feci una lunga doccia. Quando uscii, sentii profumo di pancetta e qualcosa di salato. Dopo essermi vestito, mi diressi in cucina.

«Che stai preparando?» La abbracciai da dietro.

«Frittata di formaggio di capra, funghi e asparagi, e pancetta a parte.»

«Porca miseria!» Ero impressionato. «Non sapevo che sapessi cucinare.»

Sfoggiò il suo sorriso da modella, raggiante. «Ti avrei fatto il caffè, ma non ho ancora capito come funziona la tua lussuosa macchina per l'espresso.»

«Ah, tesoro. Avresti dovuto chiedermelo. Non sapevo che stessi rinunciando al caffè.» Le mostrai come si usava la DeLonghi da mille dollari preparando un cappuccino per lei e due espressi per me.

«Ti dispiace se faccio la doccia più veloce del mondo prima di mangiare?»

Le baciai la fronte. «Fai in fretta» mormorai, solo perché mi piaceva guardarla correre per compiacermi. Non mi importava affatto che facesse con calma, neanche se si fosse raffreddata la colazione. Non ero molto da colazione io, comunque. «Ti cronometro!» Le gridai mentre si precipitava verso il bagno principale. Mi sedetti a bere l'espresso al tavolo di vetro situato vicino alle finestre che si affacciavano sulla città.

Aveva apparecchiato la tavola, come una perfetta casalinga degli anni Cinquanta. Anche la mia ex moglie faceva così. Avevamo iniziato alla grande, ma dopo cinque anni i risentimenti erano cresciuti. E poi erano cresciuti e cresciuti ancora, fino a quando non eravamo più riusciti a sopportarci. Era diventata una rompipalle. E io me n'ero andato di casa. Eravamo molto più felici da divorziati. Le pagavo gli alimenti e non si lamentava più.

Gli accordi finanziari rendevano tutto più facile. Davano aspettative chiare.

Ritornò con i folti capelli gocciolanti, una gonna corta di jeans e una t-shirt aderente. Guardai l'orologio e fischiai. «Cinque minuti e tre secondi. Credo che ti meriti una ricompensa.»

«Ah sì?» disse dolce, mettendosi in piedi sopra di me e premendomi la scollatura in faccia. Le palpai il seno.

«E per quanto riguarda il look...»

Fece una risata roca e si allontanò, andando in cucina a prendere la padella con la frittata e portandola in tavola.

«Serviti. Torno subito con la pancetta.» Ritornò con la pancetta e scivolò sulla sedia accanto a me. «Che panorama incredibile. Mi piace molto stare qui, Bobby. Grazie.»

«Adoro averti qui, bambina.» Assaggiai la frittata. «Mmm, ma è fantastica!»

Lexi sembrava felice. Sinceramente. Non l'avevo mai vista così rilassata e contenta. Mi fece venire voglia di fare tutto ciò che era in mio potere per tenerle quel sorriso sul volto. Feci il bis, perché era tutto squisito e anche perché volevo che sapesse quanto apprezzavo i suoi sforzi. Quando finimmo, la aiutai a portare i piatti in cucina per metterli in lavastoviglie.

«Allora, quando andiamo a fare shopping di vestiti per il colloquio? Stasera, quando finisci di lavorare?»

Si illuminò. «Sì! Fantastico!»

Sorrisi. «Ok, ti vengo a prendere. E voglio vedere il portfolio che hai preparato per questo lavoro.»

«Davvero?» Sembrò sorpresa.

«Sì. Ce l'hai qui? Portamelo.»

Girò la testa per lanciarmi uno sguardo curioso andando in camera da letto. Quando tornò, aveva con sé un elegante album fotografico nero.

«Questo è il lookbook, ma ho inviato una presentazione digitale quando mi sono candidata.»

Sfogliai le pagine, ammirando ogni acconciatura. «Chi ha scattato le foto?»

«Beh, io. Avrei voluto farle fare a un professionista,

perché qui si vedono le ombre sul viso.» Posò un dito sul viso della modella. «Non avevo l'illuminazione giusta.»

«Sai, la prossima volta organizziamo un servizio fotografico professionale, zuccherino. Il tuo lavoro merita di essere messo in mostra con i migliori strumenti a nostra disposizione.»

«Organizziamo?» chiese debolmente. Mi fissò con uno strano sguardo sul viso.

«Cosa?»

Scosse rapidamente la testa. «Niente. Solo che a volte vorrei che tu fossi più stronzo.»

«Oh, ma io sono stronzo, credimi» dissi con leggerezza, ma percepii una certa malinconia in Lexi, che tra l'altro non sorrise.

Dannazione. Si stava sicuramente affezionando. Non avrei dovuto passare lì la notte. Dovevo allontanarmi per qualche giorno. Solo che l'idea mi faceva letteralmente venire voglia di prendere a pugni il muro.

Lexi

«Cosa ne pensi di questo?» Uscii dal camerino con una minigonna viola aderente, un'ampia cintura nera e un top nero con maniche ampie che mi faceva delle tette incredibili. Bobby era bello rilassato su una delle panche del camerino, elegante in molto casual con uno dei suoi abiti firmati. Lo shopping era un preliminare, e mancava pochissimo che lo trascinassi nel camerino e mi buttassi in ginocchio per succhiargli il cazzo, perché mi aveva comprato tutto ciò per cui avevo mostrato il minimo interesse, e non solo.

Mi lanciò un'occhiata con gli occhi socchiusi. «Penso che, se fossi Dio, ordinerei di mettere questa canzone ogni volta che entri nel mio campo visivo in minigonna.»

Risi ascoltando la canzone che usciva dagli altoparlanti del centro commerciale. Era *Sex and Candy* di Marcy Playground.

«Tesoro, quelle gambe dovrebbero essere illegali. Anzi,» fece con un gesto al vestito, «questi li compriamo, ma al colloquio non li metti.»

«Ah no?» Mi pavoneggiai, andando lentamente da lui. «E cosa mi metto al colloquio?»

Sorrise. «Non ne sono sicuro, ma penso che tu abbia già qualcosa in mente. Continui a trascinarmi in giro per eccitarmi, con il tuo spettacolino.»

Risi. «Non posso nasconderti nulla, vero?» Almeno non mi aveva accusata di approfittare di lui per i vestiti, il che era anche vero, e sapevo che lo capiva perfettamente.

«Va bene, piccola, sono quasi a corto di contanti.» Tirò fuori trecento dollari. «Dove vuoi spenderli?»

«Al negozio di scarpe» dissi senza esitazione. Indicai i vestiti. «Li prendo?»

«Sì.» Mi squadrò tutta con apprezzamento. «Pensavo di averlo già detto.»

«Scusa, capo.» Gli feci l'occhiolino mentre mi giravo per pavoneggiarmi di nuovo e andare al camerino a cambiarmi.

Nel negozio di scarpe, scelsi un paio di sandali con zeppa e un paio di tacchi platform con le cinghie.

«Quanto ti è rimasto?» Sorrisi come una bambina viziata dopo aver pagato vestiti e scarpe.

«Sessanta dollari.» Piegò le banconote e me le fece scivolare nel reggiseno. «Ma sono stufo dei negozi. Andiamo, *bambina*.»

«Va bene, capo.» Mi trascinai accanto a lui, stordita dai nuovi acquisti e dall'attenzione del mio amante. Lo presi a braccetto. «Posso prepararti la cena?»

Mi guardò dall'alto, pensieroso. Quando esitò cercai di non sentirmi rifiutata, ma poi disse «Certo.»

Andammo alla macchina, ma esitò quando aprì la portiera. «Perché non guidi tu?»

«Cosa?»

«Hai più guidato dopo l'incidente?»

«No» ammisi. Il cuore mi batteva già più velocemente al pensiero. Era vero che oggi non mi aveva spaventata fare la passeggera, ma ciò non significava che non sarei andata fuori di testa se mi fossi messa al volante.

«Monta.» Mi fece segno di andare al posto di guida. «Voglio che guidi tu. Testiamo la sessione EMDR.»

Salii, traballante. Regolai sedile e specchietti, cercando di rendere il tutto perfetto, come se potesse rendere la guida più facile. Facendo un respiro profondo, avviai la Porsche, guardai lo specchietto e mi infilai nel flusso del traffico. Nessuno dei due parlò per i successivi dieci minuti nelle vie della città, ma dopo un po' rilassai le mani sul volante.

Annuii. «Va bene» dissi espirando. «Sto andando bene.»

Non provavo panico, e a ogni chilometro macinato

si faceva tutto più facile. Quando entrai nel garage sotterraneo del mio edificio, mi sentivo più sicura. Trovai posto e spensi la macchina, girandomi per sorridere a Bobby. «Proprio come andare in bicicletta» dichiarai.

«Ottimo lavoro, bambina. Sono orgoglioso di te.»

Il piacere mi sbocciò in petto alla lode. Gli presi il braccio, mezza stordita da tanto affetto. Quando arrivammo all'appartamento, mi seguì in cucina. «Posso aiutarti?»

«Sai cucinare?» Strano quanto poco sapessi dell'uomo che occupava così tanto i miei pensieri.

Sorrise. «Me la cavo. Ma sono meglio alla griglia.»

Il cuore mi bruciò. Questi scorci di vita domestica mi causavano dolore. Dio, stavo iniziando a desiderare il pacchetto completo? Tutto quanto? Non ero mai andata a caccia di matrimonio o sistemazioni varie. Bobby doveva essere semplicemente un lavoro.

Tirai fuori dal congelatore dei filetti di pesce bianco e li misi in una ciotola di acqua tiepida per scongelarli.

«Ho tutto sotto controllo, sai. Potresti apparecchiare la tavola?»

«Certo.» Svuotò le tasche sul ripiano prima di estrarre tovagliette e tovaglioli. Il telefono sul bancone trillò e automaticamente lo presi per leggere il messaggio.

Solo quando lessi le parole *Novità sui federali?* mi resi conto che non era il mio e sicuramente non avrei dovuto guardare.

«Che cosa stai facendo?» Il tono glaciale di Bobby mi raggelò.

Stava sulla porta della cucina, lo sguardo acuto, l'espressione rigida.

Gesù. Pensava che lo stessi spiando? Lasciai cadere il telefono come una patata bollente. «Oh Dio.» Strinsi le mani, come per togliere ogni traccia del gesto infausto. «Non... non me n'ero...»

Avanzò, apparendo in ogni centimetro il pericoloso mafioso che era. Il volto era scuro, ma l'espressione scioccata trasmetteva qualcosa di più: tradimento. Un picco di genuino terrore mi sorse dentro. Cazzo. Pensava che fossi un'informatrice, una talpa o come cavolo li chiamavano?

Bobby

Lexi sbiancò. «Pensavo fosse il mio! Ha suonato e l'ho preso solo per controllare il messaggio. Abbiamo lo stesso telefono e le stesse suonerie.»

Espirai. Stava dicendo la verità? Certamente sembrava terrorizzata. Ma una ficcanaso che viene beccata ha paura.

Le si riempirono gli occhi di lacrime. «Non sono una talpa o una federale. Non ho microfoni addosso, te lo giuro.»

Mi passai una mano sul viso. *Cristo.* Questa merda con i federali mi stava letteralmente dando alla testa. Sicuramente non avevo dormito abbastanza la notte. Certo che Lexi non era una talpa. Me ne sarei accorto se ci fosse stato qualcosa di strano in lei. Avevo un istinto eccellente con le persone. La tensione dei muscoli si allentò. «Va bene. Va bene, piccola. Mi dispiace di aver reagito in modo eccessivo.» Me la tirai tra le braccia. Stava tremando, il che mi fece sentire uno *stronzo* per aver reagito così. Le presi la nuca per inclinarle il viso verso il mio e darle un bacio forte. «Non intendevo spaventarti.»

Si lasciò andare a una risata sollevata. «Mi hai spaventata a morte, cazzo.»

Le baciai la fronte, la tempia.

E siccome ero un malato del cazzo, il suo sollievo tremante me lo fece venire duro. Le afferrai i polsi, girandola lentamente per metterla di fronte al bancone. Premendole le mani sul granito, le tirai su la gonna e le abbassai le mutandine.

«Ma curiosare non è permesso, Lexi.» Presi una cucchiarella.

Lei piagnucolò ma spinse in fuori il culo, offrendomelo.

Le colpii leggermente il didietro, e lei si tenne ferma, ansimando ma senza dimenarsi.

Vedendo la bottiglia di olio d'oliva sul bancone, la presi e me ne versai un po' nel palmo. Glielo strofinai sulle natiche, poi la schiaffeggiai, godendomi il dolore che l'olio mi aiutava a impartire. Immersi il dito nell'olio e lo feci scivolare tra le natiche, circondandole l'ano.

«Penso che ti meriti una piccola punizione qui dietro.» Premetti il dito.

«Oddio» gemette.

«Esatto, bambina. Ecco cosa succede a questo bel

culo quando fai la cattiva.» Immersi il dito fino alla nocca, poi lo ritirai e ripetei l'operazione.

«Oooh...»

Con la mano libera le sculacciai la parte posteriore della coscia.

«Hai intenzione di fare la brava e accettare la punizione?» La sculacciai di nuovo. Strisciai il pollice tra le sue gambe e la trovai bagnata e gocciolante.

«Sei tu il capo.» Si girò a guardarmi con un certo calore nello sguardo azzurro.

«Esatto, bellezza.» Allentai il dito e le presi il gomito per tirarla in soggiorno. La condussi sul bracciolo del divano. «Piegati, *bambi*.»

Piegò il busto verso il basso, così da sollevare ed esporre il culo nudo.

«Non muoverti da questa posizione.»

Andai in cucina a recuperare l'olio d'oliva, che usai abbondantemente sull'ano e sull'uccello mentre lei tremava in attesa. Strofinai la cappella contro il suo ingresso e premetti.

Si strinse opponendosi all'intrusione. «Apriti per me, Lex» la incoraggiai. «Spingi indietro come se dovessi avvicinarti.»

Obbedì immediatamente, apparentemente desiderosa del sesso quanto me. O forse era solo desiderosa di compiacere. In ogni caso, era pronta.

Mi inserii, dandole il tempo di abituarsi alla mia circonferenza e all'insolita invasione. Lei ansimò e gemette, ma rimase perfettamente immobile, permettendomi di penetrare, centimetro per centimetro. Raggiungendo la parte anteriore, le stuzzicai il clitoride, facendolo scorrere mentre cominciavo a ritirarmi per premere di nuovo.

«Oddio!» gemette.

«Esatto, bellezza. Stasera lo prendi nel culo.» Magari facevo lo stronzo, ma feci il massimo per darle colpi morbidi, desideroso che fosse una buona esperienza per lei.

«Bobby» piagnucolò.

«Ecco, bambina. Lo stai prendendo, proprio da brava.»

«Ti prego» implorò.

«Ti prego cosa, piccola?»

«Ti prego, ti prego, ti prego.» Agitò la testa da un lato all'altro.

Aumentai velocità, facendo comunque attenzione a mantenere le spinte dirette. Premette le sue dita sulle mie, spingendole dentro la figa. La scopai con le dita, e lei esplose in un grido acuto che andò avanti all'infinito, fino a quando non venne grazie a me. Tenni le dita in movimento dentro di lei mentre premevo il cazzo in profondità nel suo culo, e venni anch'io.

Una volta finito, mi rilassai, ritirai le dita e le accarezzai delicatamente la figa bagnata. Coprii il suo corpo con il mio, avvolgendole il braccio libero attorno al busto e baciandole il collo mentre le tiravo su le mutandine.

«Non muoverti, piccola.» Mi alzai per andarmi a lavare in bagno. Tornai con una salvietta bagnata, che usai per pulirla prima di tirarle su le mutandine e sistemarle la gonna. «Vieni qui.» Le sollevai il busto e la girai verso di me. Mi cadde tra le braccia e la sentii tremare. La baciai sulla testa e la strinsi per un momento, poi la presi tra le braccia e la portai sul divano, dove mi sedetti cullandola in grembo. Presi la morbida coperta dal divano e ce la avvolsi. «Stai bene?»

Lei annuì contro la mia spalla.

«Sei venuta?»

Alzò la testa. «Sì. Beh, mi pare. Solo che ho saltato la parte in cui i muscoli si stringevano. Temevo mi facesse male stringere... ehm... l'ano» ammise.

Sorrisi. «Forse sì.»

«Ma mi hai più che soddisfatto.»

Sorrisi. «Bene.»

Mi fissò. «Hai davvero pensato che fossi una talpa per qualche minuto, vero?»

«No, *bambi*.» Scossi la testa, non volendo parlargliene. «Il tuo comportamento mi ha sorpreso fino a quando non l'hai spiegato.»

«Ma pensavi che fossi un'informatrice, vero?» insistette. «Ho visto che sguardo avevi.»

La studiai. «Non riuscivo a capire perché avessi curiosato, tutto qui.»

«Cos'avresti fatto se non mi fossi spiegata?»

«Lex» la ammonii. «Non infiliamoci in questa cosa. Mi fido di te. Ti comprerò una nuova cover per il telefono, così non ti confondi più.»

Continuò a osservarmi senza parlare.

«Mi dispiace di averti spaventata. Davvero.»

Tremò e si rannicchiò contro di me. «Mi hai spaventata, sì. Solo per un minuto, però.»

Capitolo tredici

obby
La domenica seguente andai a prendere Lexi e la portai allo stadio degli Yankee per la partita. Sapevo già di aver esagerato. Mi stavo concedendo qualcosa di più del piacere del suo corpo. Mi stavo comportando come se fosse la mia ragazza. Questo andava oltre il viziarla portandola a cena o a fare shopping. In realtà la stavo portando a un impegno sociale. Come un ragazzo vero e proprio.

Stavo attraversando i confini di continuo, e non riuscivo a fermarmi.

Tuttavia Lexi aveva un aspetto stupendo col top e pantaloni capri, i capelli raccolti in uno chignon francese disordinato, e non riuscii proprio a pentirmi di averla portata con me. Stare con lei mi rendeva felice. Davvero felice. Forse per la prima volta, in assoluto.

In qualche modo, riuscii a trovare parcheggio vicino allo stadio e ritirammo i biglietti da Will Call. Quando arrivammo ai nostri posti, trovai Dean con sua moglie e suo figlio. Sembrava che non fossi l'unico a voler stare con la sua donna oggi.

«Dean, hai portato la famiglia!» Gli strinsi la mano.

«E tu la tua... ehm...» Agitò una mano in aria, come per evocare la parola giusta.

«Ti presento Lexi. Ciao, Jessie.» Baciai la moglie di Dean su entrambe le guance mentre Dean stringeva la mano di Lexi. Toccai la testa della bambina. «Che bello vederti, Olive.»

Mi sporsi per guardarle i grandi occhi nocciola. Jessie fece rimbalzare Olive su e giù, e la bambina mi sorrise.

«Ah, le piaci!» disse Jessie.

«Certo che le piaccio: sa che sono della famiglia.» Sorrisi. «E lei è Lexi.»

Lexi e Jessie si salutarono e ci sistemammo sulle sedie dello stadio, gli uomini uno accanto all'altro e le donne all'esterno. «Beh, si stanno caricando bene. Se solo avessero i lanci giusti...» disse Dean.

«Sì, hanno il lancio iniziale, possono recuperare. Hanno fatto saltare un salvataggio l'altra sera: è il decimo questo mese.»

Jessie estrasse la bambina dalla fascia e si drappeggiò il tessuto sulla spalla, tirando su la camicia per allattarla.

«Non guardare il seno di mia moglie.» L'avvertimento di Dean era probabilmente solo un mezzo scherzo.

Alzai le mani. «Non me lo sognerei mai.» Allungai la mano per stringere la coscia di Lexi. Quando finì di allattare la piccola, Dean gliela prese, tenendola sulla spalla e accarezzandole la schiena. Era già un professionista nel gestirla. Mi fece quasi provare la mancanza di avere altri figli. Quasi. Ma quei giorni erano così lontani che avevo bloccato il ricordo della forza della paternità, quando i bambini sono piccoli. Le gemelle avevano reso tutto due volte più intenso.

«Allora, com'è la paternità? Cosa fate tutto il giorno: ve ne state a fissare la principessina?»

Jessie rise. «Più o meno. Dean mi ha fatto smettere di lavorare cinque mesi dopo la gravidanza, e lui ha orari flessibili, quindi passiamo molto tempo a casa. Questa è un'uscita emozionante per me.»

Lexi si sporse in avanti, finalmente abbastanza rilassata da unirsi alla conversazione. «Cosa facevi prima di smettere?»

«Ero assistente infermiera.»

Lexi si lanciò in una facile conversazione con Jessie, sfoggiando il suo bellissimo sorriso. Non riuscii a fare a meno di notare quanto facilmente si adattasse alla famiglia. Non avrei mai potuto portare Stacy a un evento come questo e aspettarmi che facesse una conversazione intelligente.

«Sono proprio fortunato.» Dean sembrava quasi mosso da un sentimento religioso mentre guardava la moglie.

«Jessie, posso prenderla in braccio?» Mi sporsi su Dean per guardarla. «Sono bravo con i bambini, giuro.»

Sorrise. «Certo.»

Dean mi consegnò con cura il piccolo fagotto, e io la misi sulla schiena sulle mie ginocchia, cullandole la testolina tra i palmi, fissando i suoi lineamenti in miniatura.

Era passato tantissimo tempo da quando le bambine erano piccole, ma la meraviglia e il timore reverenziale del neogenitore mi investirono come se fosse ieri. «È bellissima, non è vero?»

Lexi mormorò in assenso.

La piccola Olive mi guardò dritta negli occhi, aprendo la bocca in un sorriso sbilenco. «Grazie per il sorriso» sussurrai.

Poi dissi a Lexi «È come guardare negli occhi di Dio, non è vero?»

Quando non rispose, alzai lo sguardo e vidi che mi fissava con uno sguardo strano. «Vuoi dei figli?»

Il dolore le sfarfallò sul viso, e avrei voluto prendermi a calci nelle palle. A cosa cazzo stavo pensando? Le avevo detto che non c'era possibilità che avessimo una vera relazione, e poi le chiedevo se voleva il pacchetto completo? Che idiota.

«Una volta sì. Però non mi sono trovata... nella situazione giusta per pensarci.»

Che stronzo che ero. Non avevo alcun interesse a risposarmi o a creare una nuova famiglia. Ci ero passato, l'avevo già fatto. Non c'era bisogno di rifarlo. Anche se il pensiero della pancia gonfia di Lexi incinta di mio figlio mi accese un senso primordiale di orgoglio.

Presi la bambina e respirai il suo odore, baciandole la parte superiore dei morbidi riccioli castani prima di restituirla a Joey.

Lexi rimase relativamente tranquilla per il resto della partita. Cercai di scherzarci, ma quel problema non potevo risolverglielo facilmente. Né con denaro né con un po' di attenzioni. Non potevo darle ciò che voleva – o non vi ero disposto.

* * *

Lexi

Dopo la partita, Bobby mi lasciò all'appartamento senza accompagnarmi su o entrare per fare sesso.

Non sapevo se esserne delusa o sollevata.

Erano passate solo tre settimane, e già la situazione stava diventando dolorosa. Il mio cuore non avrebbe dovuto rimanerne coinvolto. Non dovevo innamorarmi. Era una situazione temporanea. Speravo di rimanere qui qualche mese per risparmiare i soldi dell'affitto e pagare i conti medici. Ma erano passate solo poche settimane, e non sapevo per quanto ancora sarei riuscita a farcela.

Ogni giorno mi sentivo sempre più a mio agio. Lasciavo che vedesse la vera me. Imparavo a fidarmi di lui. Ma Bobby Manghini non era disponibile. Aveva chiarito che non ero materiale papabile per fare da moglie o madre. Non aveva alcun desiderio di ammirare un bambino nostro con la stessa riverenza che aveva avuto alla partita di baseball. La relazione era puramente commerciale: lui si prendeva cura dei miei bisogni economici e io mi rendevo disponibile. Niente di più. Niente di meno. Prima mi rimettevo in piedi e riuscivo ad andarmene, meglio era.

Salii fino in casa con l'ascensore e indossai il costume da bagno. Tanto valeva approfittare dei lussi, visto che c'ero. Salii alla piscina sul tetto. Ancora una volta, non c'era nessuno. Mi buttai in piscina e galleggiai sulla schiena, guardando il cielo diventare rosa e viola mentre il sole tramontava.

Mi stavo innamorando di un uomo d'onore. Era sbagliato sotto tantissimi punti di vista, eppure non riuscivo proprio a evitarlo.

Capitolo quattordici

L *exi*

La settimana successiva, mi ritrovavo a un tavolo nella sala conferenze dell'hotel di fronte ai membri del gruppo responsabile dei colloqui.

«Ha mai insegnato a tagliare o tingere i capelli?» mi chiese l'uomo battendosi la penna contro i denti.

Mi aspettavo questa domanda, e mi ero preparata una bella solfa. «Mi considero una mentore per tutti gli altri stylist del salone in cui lavoro. Mi chiamano sempre per un consulto, e io sono quella di cui si fidano per farsi fare taglio e colore.»

Una delle relatrici mi sorrise. «E chi taglia e colora i capelli a lei?»

«Lo faccio da sola» ammisi.

«Non si fida di nessun altro?»

«Beh, in realtà no. Non se voglio che lo facciano come dico io.»

La donna sorrise e annotò qualcosa, ma ebbi la sensazione di aver appena segnato un punto a mio favore.

«Va bene, Lexi. Ora vedremo le sue diapositive sul maxischermo, e vorrei che si alzasse per spiegarci come è arrivata a ciascuno di questi look e perché ha scelto proprio questo stile per il cliente.»

Inspirai tremante e mi alzai. La foto di Gina apparve sul maxischermo. Mi avvicinai. «Ho scelto questo look per Gina per i suoi zigomi alti. Volevo evidenziarli invece di nasconderli. Le ciocche lunghe fino alla mascella le incorniciano il viso, e il colore audace le conferisce un po' di grinta, molto adatta alla personalità della cliente.»

Mi girai verso i relatori, che sembravano attenti, se non addirittura incoraggianti.

«Per ottenere il look ho tagliato la linea di base in una diagonale in avanti e ho alleggerito la nuca con una certa graduazione. Poi ho tagliato alcune sezioni strutturate arrotondandole e ho indirizzato la parte anteriore verso le sezioni posteriori. Per quanto riguarda il colore, ho tinto l'area della nuca più scura e altre sezioni di un colore chiaro e poi di nuovo scuro nella parte anteriore, per accentuare il taglio diagonale anteriore.»

Continuai con il resto delle diapositive, guadagnando fiducia mentre i relatori mi ponevano domande a cui ero in grado di rispondere.

«Grazie, Lexi, è tutto per oggi. Se arriva al prossimo step, le chiederemo di scegliere uno di questi look e insegnare a realizzarlo durante una lezione agli hair stylist. Dovrebbe comunque avere nostre notizie entro la fine della settimana.»

«Grazie.»

Strinsi la mano a tutti prima di uscire. Quando raggiunsi il marciapiede, tirai fuori il telefono. Il primo numero che chiamai fu quello di Bobby.

Quand'è che lui e Gina si erano scambiati di posto nella mia vita?

Scossi la testa. Se non avessi fatto attenzione, sarei andata troppo a fondo. Aveva detto che avrebbe fatto qualsiasi cosa per me. E sembrava che io condividessi il sentimento. Avrei fatto qualsiasi cosa per compiacerlo. Cose che non avrei mai sognato di permettere a un uomo di farmi. E che avrei mai *voluto* che un uomo mi facesse.

Ma con lui lo volevo. Ogni dolore che mi infliggeva, ogni atto di dominio non faceva che aumentare il desiderio che provavo per lui.

Rispose dopo due squilli. «Com'è andata?» chiese senza salutare.

Il cuore mi saltò un battito. Se ne ricordava. A Gina avrei dovuto ricordarlo io.

«Benissimo! O almeno credo. Difficile a dirsi, perché stanno lì a guardarti e prendere appunti. Ma ho fatto del mio meglio. Mi sentivo bene. Fiduciosa.»

«Congratulazioni! Stai andando a casa? Perché potrei venirti a prendere lì tra un'ora e portarti a cena per festeggiare!»

Mi sprofondò il cuore. «Fantastico, grazie!»

Presi la metropolitana per tornare a casa e aprii la porta.

Mi fermai quando vidi qualcuno dentro. Era il giorno

delle pulizie, ma ormai avrebbero dovuto essersene andati.

«Oh, fantastico, sei a casa!»

Guardai scioccata Stacy, l'ex fidanzata di Bobby, venirmi incontro con un sorriso e un bicchiere di vino mezzo pieno. Indossava una minigonna di pelle aderente e un top ancora più piccolo; i seni praticamente le fuoriuscivano dal push-up.

«Cosa ci fai qui?»

«Mi ha chiesto Bobby di venire. Non te l'ha detto?»

Mi si strinse lo stomaco. Che odio, specialmente dopo quello che era successo l'ultima volta che le avevo parlato. «Ehm, no.» Tirai fuori il telefono per ricontrollare se ci fosse un messaggio.

Stacy abbassò le ciglia e mi lanciò uno sguardo seducente. «Sì, ha detto che voleva provare un ménage à trois con noi due. Forse voleva che fosse una sorpresa.»

Continuai a fissare inespressiva il cellulare, come se in qualche modo potesse decodificare la situazione. Per questo si era organizzato per venire così presto? Non per la cena ma per un rapporto a tre?

Avevo la nausea. Non avevo alcun interesse per un triangolo. Soprattutto con Stacy, di cui mi disgustavano l'aspetto da sgualdrina a buon mercato e la personalità invadente. Forse in presenza di Bobby mi sarei sentita diversamente. Nel sesso mi aveva spronata verso altri mondi, e mi era piaciuto. Ma avrebbe dovuto parlarmene prima, accidenti!

E dirmi che avremmo festeggiato il colloquio per poi

invece farmi una sorpresa del genere... la cosa non mi stava bene per niente.

«Ti dispiace se metto un po' di musica?» chiese Stacy.

«Ehm... certo. Fai pure.»

«Ho aperto una bottiglia di vino» disse girandosi. «Bobby ha detto di iniziare con la festa, in attesa che arrivi. Ti ha detto a che ora sarebbe arrivato?»

Deglutii, cercando di respingere il crescente senso di violazione che sentivo. «Dovrebbe essere qui presto» mormorai.

Mise su un po' di musica dance e alzò il volume. Ballò indietreggiando, togliendosi il top per denudare i seni stretti in un reggiseno più piccolo di almeno due taglie. «Vai a prenderti un po' di vino!» gridò sopra la musica.

Andai in cucina, e mi infastidii quando vidi in che condizioni era. Evidentemente aveva armeggiato troppo col tappo, che giaceva in pezzi su tutto il ripiano. Si era versata il vino senza preoccuparsi di pulire. Nella bottiglia galleggiavano pezzi di sughero, quindi dopo essermi versata un bicchiere dovetti ripescarli.

Bevvi un sorso e tornai in salotto, sapendo di non volere né vino né lei in casa mia. Certamente non nel mio letto. Ma non facevo io le regole.

Stacy venne da me ballando, insinuando il suo corpo contro il mio a ritmo. «Dai! Bobby ha detto di iniziare senza di lui! Immagina quanto sarà sexy per lui trovarci a pomiciare quando arriverà!»

Mi mise le mani sui due lati del viso e si avvicinò per un bacio. Mi allontanai. Non avevo alcun interesse al rapporto a tre, specialmente senza Bobby.

La porta si aprì mentre Stacy allontanava le labbra, ed entrò Bobby. Si accigliò.

Aggrottò le sopracciglia, confuso. «Ma che cazzo...»

Rendendomi conto di essere stata presa in giro – *di nuovo* – feci un passo indietro.

«Sono venuta per il rapporto a tre di cui abbiamo sempre parlato» trillò Stacy.

«Mi ha detto che l'hai organizzato tu» dissi a Bobby, senza nascondere per niente il fastidio.

Chiuse gli occhi, come cercando di recuperare la pazienza necessaria per gestire la situazione. Si avvicinò allo stereo e spense la musica. «Esci.» Guardò Stacy e scosse la testa verso la porta.

«Bob-by!» Protestò Stacy. «Lei è d'accordo. Ci siamo trovate benissimo. Vieni e unisciti a noi!»

Gli lanciai un'occhiata e scossi la testa.

Bobby avanzò minacciosamente verso Stacy. «Io e Lexi abbiamo programmi per stasera, che non ti includono. Vai, esci.»

Stacy pose fine alla sceneggiata; la rabbia le lampeggiava sul viso eccessivamente truccato.

«E poi come hai fatto a entrare?» chiesi, gli occhi socchiusi. Sicuramente non volevo che succedesse di nuovo. «Hai ancora la chiave?»

Sorrise trionfante. «Giorno di pulizia. Le cameriere si ricordano ancora di me.»

Bobby imprecò a bassa voce in italiano. «Stacy.» Sembrava sforzarsi di mantenere il tono pacato. «È finita. Non riprenderò *mai* le cose con te. Ora esci da casa mia, cazzo.»

Fece per afferrarle il gomito, ma lei si torse per sfuggire alla presa e sfrecciò dietro il divano con uno strillo allegro. «Oh, mi sto comportando male!» gridò. «Faresti meglio a sculacciarmi!»

«*Fanculo*» borbottò Bobby. La guardò di traverso. «Stacy.» Il tono di voce ora era pericoloso. «Non vuoi che io arrabbi davvero.»

Probabilmente recepì il messaggio, perché vacillò; il sorriso si spense, ora sostituito da un'espressione di rabbia. «Ah no? E che cos'hai intenzione di farmi? Spararmi? Picchiarmi?» Mi riservò uno sguardo feroce. «Gli piace far male alle donne, sai. Ha abusato di me.»

«Fuori.» Bobby usò un tono autoritario glaciale. «Non voglio più rivederti. Non voglio venire a sapere che hai parlato di nuovo con Lexi. Non venire qui, e meglio che non mostri la tua faccia neanche allo Swank. Altrimenti mando i miei a riprendersi tutti i regali che ti ho fatto, oltre agli interessi. Hai capito?»

Impallidì. A quanto pareva, aveva trovato la leva migliore su di lei: l'avidità. Mi guardò di nuovo. «Si stancherà di te. Proprio come si è stancato di me. Non metterti troppo a tuo agio in questo appartamento di lusso, perché non durerà!»

Mi sentivo male, ma sollevai il mento. «Non paragonarti a me» dissi con tono piatto. «Noi non ci somigliamo per niente.»

«È vero» disse Bobby.

Stacy mi lanciò il bicchiere di vino. Lo schivai, e si schiantò contro il muro accanto a me. Uno dei frammenti di vetro mi si infilò nell'avanbraccio. «Fanculo a entrambi» gridò, facendomi il dito medio.

Strizzai gli occhi e mi estrassi il triangolo di vetro dal braccio, cosa che produsse una quantità sorprendente di sangue.

Bobby impallidì nel vederlo, e poi afferrò Stacy per la gola e la schiacciò contro al muro. *«L'hai ferita»* ringhiò.

«Bobby!» gridai io, ricordando la storia del sangue al naso e la pistola. Non era in sé. Mi precipitai al suo fianco e gli afferrai il braccio. «Bobby, fermati!» Mi guardò, e non lo riconobbi. Aveva gli occhi cupi e vuoti, il volto di pietra. «Bobby, *lasciala andare*.»

Guardò Stacy e poi me.

«Bobby. *Sto bene.*»

Batté le palpebre, poi improvvisamente si ritrasformò nell'uomo che conoscevo. La lasciò bruscamente e fece un passo indietro. «Cazzo.»

Stacy si allontanò, afferrò il top e poi corse sulle zeppe per recuperare la borsa in cucina, andandosene senza dire un'altra parola né guardarsi indietro.

Quando Bobby volse lo sguardo a me, aveva un'espressione devastata dall'orrore.

Bobby

Cazzo. Cos'avevo fatto?

Contrariamente a quanto detto da Stacy, non abusavo delle donne. O almeno non l'avevo mai fatto fino a quel momento.

Avevo visto Lexi sanguinare e il cervello aveva registrato la lesione come pericolosa per la sua vita. L'impulso di eliminare tutte le minacce alla vita di Lexi mi aveva sopraffatto.

Non intendevo fare male a Stacy.

Ed ero ancora sotto shock. Sapevo di dovermi impegnare per risolvere la situazione, ma non riuscivo a muovermi.

«Lexi» gracidai.

Incredibilmente, non sembrava furiosa. Non era corsa a fare le valigie per andarsene. «Va tutto bene.» Mi prese il braccio. «Sto bene, Bobby.»

«No, non è vero» riuscii a dire. Il sangue le scorreva ancora lungo il braccio, gocciolando sul tappeto.

L'immagine di mio padre, sanguinante al volante della Mercedes mentre mi accovacciavo sul pavimento e recuperavo la sua pistola dal cruscotto... cazzo.

Pensavo di averla superata da parecchio.

Lexi andò tranquillamente in cucina, e finalmente mi costrinsi a muovermi per seguirla.

«No, resta lì» mi disse. «Pulisco io, così non sei costretto a vedere.»

Il mio cervello registrò a malapena quello che stava dicendo. Quindi... *non dovevo vedere?* Si stava davvero prendendo *lei* cura di *me* adesso?

Ero io quello fottuto qui.

Mi mossi, a scatti, per raccogliere il vetro sul pavimento. Quando lo portai in cucina, Lexi aveva pulito il sangue dal braccio e stava tentando di estrarsi un pezzo di vetro più piccolo dalla pelle.

«Lascia fare a me, piccola. Posso?» La voce mi suonava rauca.

Annuì, e io la tirai delicatamente sotto la luce in modo da poter individuare la scheggia incriminata. Avrei voluto prenderla tra le braccia, ma non osai perché non sapevo bene in che fase ci trovavamo dopo quella dose di follia. Dopo quello che avevo appena fatto. «Mi dispiace tanto.»

Dovetti battere le palpebre e controllare il respiro, perché la vista del sangue che mi filtrava tra le dita continuava a mandarmi lampi dell'immagine di papà. Il sangue che si riversava lungo il lato del suo viso dopo la botta contro al volante con la fronte. Lo scricchiolio e lo stridio del metallo dell'auto che si schiantava contro il lampione.

«Sto bene, Bobby. E tu?»

Il suo respiro mi colpì dolcemente il viso.

Ero uno cui non piaceva manifestare debolezze, ma per una qualche ragione mi stava bene che Lexi sapesse che avevo perso la testa. Che stava succedendo ancora.

Raschiai con l'unghia la scheggia di vetro, e lei scattò. «Scusa, tesoro. Ce l'ho quasi fatta.» Ancora un paio di manovre, e riuscii a sfilare il vetro. «Fatto.» Le mostrai la piccola scheggia sul polpastrello dell'indice. Respiravo pesantemente, come se avessi appena finito un allenamento.

«Grazie.»

Deglutii. «Lexi... non so nemmeno cosa dire. Probabilmente ti ho creduta in pericolo e... ho reagito in modo eccessivo.»

«È stato per il sangue?»

Trattenni il fiato e poi espirai. «È... sì, penso che sia il sangue.» Mi passai le dita tra i capelli. «*Cristo.*» Allargai le mani. «Non l'avevo mai toccata così. Devi credermi. Non faccio del male alle donne, Lex. Voglio dire...»

«Lo so.»

Incredibilmente, mi avvolse le braccia intorno alla vita e appoggiò il viso contro il mio petto.

Espirai, tenendola stretta, baciandole la parte superiore della testa.

«Le cose che ha detto...»

«È una bugiarda» la interruppi.

«Avrei dovuto cacciarla subito. Sono troppo credulona, accidenti.»

«No.» Le cullai il viso e lo sollevai verso il mio. «No, piccola. Sei dolce, cazzo. Sei gentile e simpatica, ed essere scortese non è nella tua natura.»

«Sono contentissima che tu non l'abbia invitata per una cosa a tre.»

Feci una smorfia. «Ti ha detto così?»

«Sì. Quindi...»

Si interruppe, ma io seguii il filo dei suoi pensieri. «E tu volevi farmi contenta, così hai accettato la cosa.»

Fece spallucce. «Più o meno. Sì... non sapevo cosa fare.»

La tirai di nuovo bruscamente contro di me. «Che dolce, cazzo» mormorai, baciandola sulla testa. «Come posso fartela passare?»

Sollevò quello sguardo azzurro abbagliante. «Beh, non dovevi portarmi fuori a cena?»

«Come minimo, cazzo.»

Andò al ripostiglio e tirò fuori scopa e pattumiera.

Gliele presi e le indicai lo sgabello di fronte al bancone della colazione. «Siediti. Non ti muovere. Ti prendo una benda per il taglio, e poi pulisco questo casino.» Trovai una benda adesiva in bagno e ritornai per mettergliela; avevo bisogno di prendermi cura di lei come del mio successivo respiro. Dopo aver spazzato via il vetro rotto rimasto, lo buttai nella spazzatura e poi tornai con uno straccio per pulire il vino versato.

«È finito un po' di vino sul tappeto.» Sembrava arrabbiata.

«Andrà via» le promisi. «Altrimenti lo faccio sostituire, ok, bambina? Non voglio che te ne preoccupi. Questa doveva essere la tua serata speciale.»

Lexi si mosse per alzarsi in piedi, ma io la indicai. «Ti ho detto di non muoverti, bambolina.»

Alzò gli occhi al cielo, ma sorrise.

Trovai un detergente spray sotto il lavandino e strofinai la macchia sul tappeto. Non se ne andò, ma spostai la gamba del tavolino di qualche centimetro per coprirla. «Ne compro uno nuovo, ok?»

Fece spallucce. «Non è mica mio.»

«Sì, ma sei tu che devi conviverci. E non voglio che ripensi all'accaduto.» Misi via i prodotti per la pulizia e mi lavai le mani. «Puoi farmi il favore di cancellarlo per sempre dalla mente?»

«Va bene, Bobby.» Saltò giù dallo sgabello e venne da me. «Non è stata colpa tua. Non sono arrabbiata.» Si mise punta di piedi per baciarmi e io mi buttai, afferrandola per la nuca per baciarla profondamente.

Il bacio fu diverso questa volta. Non era guidato dalla lussuria, anche se la volevo. La volevo sempre.

No, era più una manifestazione di... cazzo.

Una manifestazione d'amore.

Ora ero andato a fondo con Lexi.

Qualcosa mi diceva che era tempo di rivalutare la situazione.

Eppure funzionava. Se avessimo avuto bisogno di adattarci in seguito, lo avremmo fatto.

Capitolo quindici

exi

Venerdì pomeriggio, finalmente ricevetti la telefonata dal lavoro. Era tutta la settimana che aspettavo notizie. Bobby aveva finito ogni sera in tempo per la cena, il che mi aveva aiutata a far passare il tempo. Aveva portato fiori e vino. Sacchetti di generi alimentari speciali – roba costosa che non mi sarei mai comprata da sola. Mi era piaciuto molto cucinare per lui. Era facilissimo compiacerlo.

Mi aveva portato a cena un paio di volte, e una sera eravamo rimasti a casa a guardare un film. Per non essere il mio ragazzo, di sicuro si comportava come tale, cazzo. Un'altra cosa grandiosa della settimana era che per la prima volta da molto ero riuscita a tenermi i guadagni per me. Beh, non proprio, perché avevo ancora un debito di trentamila dollari di spese mediche, ma non c'erano emergenze finanziarie incombenti. Questo mese stavo guadagnando abbastanza per pagare l'affitto al salone, metterne da parte un po' per il debito e potermi ancora permettere il pranzo alla gastronomia.

«Pronto?» risposi senza fiato, riconoscendo il numero di telefono.

«Salve Lexi, sono Erica Applegate, direttrice delle Risorse umane della Stellar.»

«Sì, salve!»

«Volevo solo farle sapere che ha superato con successo il primo step. Ora dovrà tenere una lezione a un gruppo di stylist. Giovedì prossimo alle undici può andare bene?»

Allontanai il telefono dal viso e scagliai il pugno in aria in silenzio. Quando lo riavvicinai, cercai di sembrare calma e disinvolta. «Fantastico. Sì, per quel giorno posso liberarmi.»

«Ottimo. Le invierò via email la conferma della prova con i dettagli. Alla prossima settimana.»

Attaccai e sorpresi Ondrea ad allungare il collo dalla reception per incrociare il mio sguardo. Era l'unica dello Stylz a sapere del lavoro, e fino a quando non fossi stata assunta, l'unica sarebbe rimasta. Le avevo detto in confidenza del primo colloquio e che stavo aspettando una chiamata. Le feci il pollice in su, e lei mimò un silenzioso urlo di gioia.

Sorridendo, tornai alla mia postazione.

Bobby prima mi aveva scritto per dirmi che quella sera era impegnato, quindi dopo il lavoro mi diressi allo Swank per festeggiare con Gina. Quando aprii la porta, mi ritrovai a pregare che non ci fosse Stacy.

Si stancherà di te. Proprio come si è stancato di me.

Non riuscivo a togliermi dalla mente le sue parole. Bobby era stato dolce quella sera, mi aveva offerto una cena elegante e si era dimostrato affettuoso – e io gli avevo assicurato di non essere arrabbiata. Sapevo che mi credeva inorridita perché l'aveva quasi strangolata. E lo ero – un po'. Ma ne ero anche in parte gratificata.

Il suo istinto era stato quello di proteggermi. Da lei.

Quindi dovevo essere qualcosa di più della solita puttanella, giusto? Volevo davvero, davvero credere che fosse vero. Volevo essere di più per lui. Volevo essere... tutto.

Ma la realtà era che un domani avrei potuto essere un'altra Stacy.

Oh, cazzo. Vidi la bionda seduta al bar, quando entrai.

Chiaramente non aveva obbedito all'ordine di non venire. Esitai sulla porta. Forse avrei dovuto semplicemente tornare a casa. Potevo sempre chiamarla, Gina.

No, vaffanculo. Raddrizzai le spalle. Andavo in quel locale da anni, e non avevo intenzione di farmi spaventare da un'ex psicopatica. Mi avvicinai al bancone e aspettai che Gina mi vedesse. La folla dell'happy hour del venerdì riempiva il locale, giovani professionisti vestiti elegantemente. Vidi un uomo alto e dalle spalle larghe, e il mio cuore si fermò per un momento, perché lo credetti Bobby. Ma che assurdità. Mi aveva a sua disposizione. Perché uscire a rimorchiare?

«Ehi, bella!» Gina mi piazzò un tovagliolo davanti. «Cosa bevi?»

«Un Lemon Drop, per favore.»

«Novità per il lavoro?»

Tenni entrambe le braccia in aria e roteai i fianchi nella danza della vittoria. «Indovina chi è passata al secondo step? Eh già...»

«Dai, ce l'hai fatta! Lo sapevo. È fantastico.»

Riempì un bicchiere da martini con ghiaccio per raffreddarlo mentre versata nello shaker di acciaio inossidabile vodka Smirnoff, Cointreau, succo di limone, sciroppo e ghiaccio. Gli diede una bella scossa prima di versare il liquido nel bicchiere freddo attraverso il colino.

«Ora devo tenere la lezione di prova e insegnare le acconciature a un gruppo di stylist.»

«Bello.»

«L'ex di Bobby ti ha detto qualcosa? Su di me? O su Bobby?»

«No, perché?» Gina appoggiò gli avambracci sul bancone con interesse.

La aggiornai sul dramma andato in scena nell'appartamento.

«Santa merda» disse. «Beh, se ti dà qualche problema, fammi sapere, e farò in modo che Leo la butti fuori.»

«Grazie. Bobby le ha detto di non venire più qui. Sai, devo dire che una parte di me avrebbe voluto che tirasse fuori il mafioso che c'è in lui.» Risi. «Sai, tipo dirle che se si fosse presentata di nuovo, sarebbe finita a nuotare con i pesci.»

Gina rise. «Non ti biasimo.»

«Ma forse è un buon segno che sia rimasto turbato dalla sua stessa violenza. Sai, nel caso in cui fossi io a farlo arrabbiare.»

Gina sbuffò. «Nel caso in cui ti dovessi trasformare in una stalker?»

«No, ok. Ma sono stata un po' diffidente. A causa della questione mafiosa. È sempre stato un gentiluomo, ma sotto sotto credo di temere che sia meglio non farlo incazzare sul serio, per non rischiare la vita.»

«Beh,» rifletté Gina, «dovresti fare qualcosa di veramente terribile perché ciò accada. Come metterti addosso dei microfoni o rubargli enormi somme di denaro. E tu non faresti mai una cosa del genere.»

«Vero.» Guardai oltre il bar, dove sedeva Stacy. «Oh, merda. Mi ha vista.»

«Ci sono qui io» disse Gina.

Stacy scivolò giù dallo sgabello per venire da noi. «Ciao.» Si scostò i capelli sulla spalla.

La valutai freddamente. «Non ho apprezzato la tua piccola prodezza. Non ho nulla da dirti.»

«Dov'è il tuo amante? Fuori in cerca di carne fresca?»

Gina si raddrizzò. «Bobby ti ha detto di non venire più qui.» Fece cenno a Leo, che si avvicinò, aggressivo.

Stacy strinse gli occhi. «Ti ho dato una possibilità. Avremmo potuto dividercelo.»

«Non se ne parla» le dissi.

Quando arrivò Leo, Gina disse: «Leo, sbattila fuori.»

«Andiamo» ruggì Leo.

«Beh, non sono preoccupata» mi disse Stacy, ignorandolo. «Si stancherà presto di te.» Si scostò di nuovo i capelli e corse fuori dal bar, con Leo che le andava dietro per assicurarsi che uscisse davvero.

«Ehm...» disse Gina. «Spero che non sia psicopatica

quanto sembra. Forse avrebbe dovuto davvero dirle che sarebbe finita a nuotare con i pesci.»

Mi costrinsi a una risata. Maledetto Bobby che si era scelto una sfigata così, comunque. E quante altre come lei c'erano nel suo passato?

Capitolo sedici

Bobby

Per la prima volta, beh, *in assoluto*, avrei voluto portare una ragazza a un evento di famiglia. Venerdì sera eravamo al matrimonio di mio cugino Mario, ma andarci con le gemelle sembrava sbagliato. Non che fosse stato sbagliato portarle, ma sembrava che mancasse qualcosa.

Mancava Lexi.

Ma non potevo portarcela. Non si potevano avvicinare estranei alla famiglia. Era stato già abbastanza problematico divorziare. Ero stato interrogato un centinaio di volte da Al su quanto la mia ex sapesse e che tipo di problema avrebbe rappresentato. Nessuno voleva che le dessi il benservito. Il divorzio era raro a *Cosa nostra*. L'unica via d'uscita dalla famiglia era in una bara, come si suol dire.

Ma mentre me ne stavo seduto a guardare i giovani ballare nella sala, avrei voluto essere lì a tenermi le curve perfette di Lexi contro il corpo. Ero sicuro che fosse una grande ballerina. E si sarebbe adattata bene all'ambiente. Era una che sapeva fare conversazione con chiunque. La famiglia l'avrebbe amata, tranne quelli che avrebbero detto che era una ragazzina.

Misero un lento, e guardai Carlo lanciare un'occhiata al don prima di andare da Summer. Territorio pericoloso per lui. Avrebbe dovuto smettere di cercare la figlia del don, prima di finire in guai più grossi di quanto non potesse gestire.

Summer si illuminò quando le prese la mano però, e dovevo ammettere che i due facevano una bella coppia. Janine e Juliana lasciarono la pista e si piazzarono al nostro tavolo.

«Summer si prende tutti i fighi» mormorò Janine alla sorella. «Davvero. Voglio Carlo. Ha l'accento più sexy di tutti.»

Il cervello quasi implose per tutto ciò che c'era di sbagliato in quello che avevo appena sentito.

«A papà sta per prendere un colpo.» Janine rise.

«Forse è il momento giusto per dirgli che domani esco con uno» disse Juliana con entusiasmo. «È dell'università.»

Allentai la cravatta. Mi impedii di chiudere i pugni. Volevo fare il tranquillo. Era meglio sapere cosa stava succedendo nelle loro vite piuttosto che si sentissero costrette a nascondermi le cose. «Ti viene a prendere a casa?»

«Stai scherzando? Non se ne parla. Non ti permetterò di intimidirlo. Mi piace.»

Annuii. «Bene. Se non mi permetti di incontrarlo, dagli un messaggio da parte mia. Digli che gli spezzerò entrambe le braccia se ti farà del male.»

«Sarebbe anche divertente, se non fosse vero» osservò Janine. «A proposito di presentazioni: perché non hai portato Lexi al matrimonio?»

«Sì, papà. Sembri solo» intervenne Juliana.

«Non sono solo.» Mi accigliai per zittirle, ma ormai cavalcavano l'onda.

«Quando la conosceremo?» chiese Janine.

«Vi ho già detto che non succederà.» Anche se l'idea di presentarle in realtà mi attraeva. Alle ragazze probabilmente sarebbe piaciuta, se fossero riuscite a superare il fatto che aveva solo sette anni più di loro. A Lexi sarebbero piaciute, ne ero sicuro. Era una che faceva amicizia facilmente. Valeva la pena pensarci su, in futuro.

Mi alzai quando passarono Jessie e Dean. Le ragazze si avvicinarono per vedere la piccola Olive. «Oh mio Dio, è la bambina più carina del mondo. Posso prenderla in braccio?» Juliana regalò a Olive un sorriso esagerato mentre la prendeva.

«Dov'è Lexi?» chiese Jessie.

Janine fece un sussulto esagerato e si girò verso di me, la bocca aperta. «Jessie conosce Lexi e noi no?»

Alzai gli occhi al cielo. «Siamo andati a una partita degli Yankees insieme. Non era programmato.»

Scosse la testa e guardò Dean e Jessie in cerca di supporto. «Non capisco. C'è qualcosa che non va in lei? Perché non ce la fai vedere?»

«Ma no, è fantastica» disse Jessie. «Probabilmente sta solo cercando di non complicare le cose.»

Scossi la testa e me ne andai prima che potessero continuare a prendermi in giro.

Avevo bisogno di un drink. Trovai Al al bar con Joey. «Perché non sei in giro a ballare?» chiesi a quest'ultimo dopo aver ordinato un Glenlivet con ghiaccio. Di solito correva subito a scatenarsi con una ragazza.

Fece una smorfia. «Ieri mi sono stirato la schiena sollevando dei pesi.»

«Stai invecchiando.» Al sorseggiò un bicchiere di grappa.

«Starai invecchiando tu! » Joey era di quindici anni più giovane del fratellastro Al.

«Dovresti farti fare un massaggio. Ho saputo che la figlia di Artie Palazzo fa la massaggiatrice. Dovresti vederla. Sarebbe bello sganciarle un po' di soldi, sai?» Al ricordò a Joey Artie Palazzo, un uomo d'onore ucciso anni prima. La famiglia si prendeva cura di sé stessa in quei casi, e noi l'avevamo fatto, ma la vedova e la figlia Sophie negli anni successivi avevano fatto di tutto per prendere le distanze da *Cosa nostra*. «E i federali?» chiese, ma guardando Carlo e Summer.

Come percependolo, nel momento in cui finì la canzone Carlo diede a Summer un casto bacio sulla guancia e si diresse verso di noi.

«Ci tengono il fiato sul collo.»

«Troveranno qualcosa?»

Scossi la testa. «No. Ma mi stanno costando dei bei

mal di testa. Inoltre dovrò triplicare le mazzette al sindaco, dopo questa storia.»

«Che schifo.» Al osservò Carlo avvicinarsi con espressione impassibile.

Feci spallucce. «Non è un grosso problema. Vedila come il prezzo del fare affari. Sono soddisfatto di sapere che stanno riversando tante risorse in un'indagine infruttuosa.»

Al sbuffò. «Giusto. Grazie.»

«Figurati, boss.»

Carlo ordinò un drink e appoggiò un gomito vicino a noi, sul bancone.

«Secondo te chi ha parlato?» chiese Al. Colsi la minaccia nel suo sguardo. Gli informatori venivano eliminati. Immediatamente.

Scossi la testa. «Nessuno dei miei. Sto attento, cazzo. Greta non sa nulla, ed è comunque una della famiglia.» La mia segretaria era la sorella di uno dei sicari dell'organizzazione.

«E le tue amichette? Quella spogliarellista che stava diventando invadente? Una di loro sa qualcosa?»

Il polso mi accelerò. Stacy era una rompipalle, ma mica la volevo nel mirino del don. E la sola *idea* che minacciasse Lexi mi fece venire prurito dappertutto. «Sono pulite. Nessun contatto con la mia attività. Mai.»

«E per quanto riguarda i contatti con il tuo telefono?»

«No.» In qualche modo riuscii a mantenere lo sguardo perfettamente saldo, nonostante avessi le dita contratte e strette a pugno. Lexi mi aveva preso il telefono una volta, ma le avevo creduto quando aveva detto che si era trattato di un errore. Aveva visto un messaggio sull'indagine. Niente di schiacciante. Nulla su cui potesse testimoniare.

Al strinse gli occhi, come sapendo che mentivo. «Ne sei sicuro?» C'era un filo di minaccia nel tono.

Non sarei uscito allo scoperto. Non avrei rischiato di mettere in pericolo Lexi. Quindi annuii. «Sì. Sono sicuro. Al cento per cento.»

* * *

Lexi

Scrissi a Bobby nel momento in cui uscii dalla lezione di prova del venerdì sera. *Ho tenuto una lezione!*

E? rispose dopo dieci minuti.

Credo di essere andata alla grande. Gli mandai un'emoji con le dita incrociate.

Ce l'hai fatta, rispose. *Sono messo male stasera, ma cercherò di arrivare entro le ventuno.*

Cercai di mandare giù la delusione. Speravo in un'altra cena elegante per festeggiare. Stavo diventando viziata. *Ok, a dopo,* scrissi.

Alle venti e trenta, feci un bagno nella grande vasca idromassaggio e indossai una bralette di pizzo e mutandine di pizzo abbinate.

Alle nove Bobby non si era ancora presentato né aveva inviato messaggi.

Alle nove e mezza ricevetti un messaggio che diceva: *Sono in ritardo.*

Risposi solo *Ok,* aspettandomi che intendesse un ritardo di qualche minuto.

Alle dieci però avevo iniziato a diventare ansiosa.

Temevo di essere dipendente da Bobby. O dai suoi orgasmi. O qualcosa del genere. Avevo bisogno di soddisfazione, e solo lui poteva darmela.

Come sei messo? scrissi.

Scusa, piccola, sono ancora incasinato ma vengo sicuramente. Arrivo tra meno di un'ora.

Alle undici, visto che ancora non era arrivato scrissi, *Beh?*

Non rispose. Ancora non ero pronta a gettare la spugna e andare a letto; mi tenni il vestito sexy e mi sedetti sul divano a guardare la TV. Avevo quasi abbandonato l'idea di vederlo, ma sentivo ancora che avrei dovuto aspettare per vedere se rispondeva.

Venti minuti dopo varcò la porta come se fosse appena uscito dalla copertina di una rivista maschile. Indossava abito e cravatta costosi, ma sentivo un debole odore di whisky. Gli occhi brillavano di una luce oscura.

«Che cos'è?» Alzò le sopracciglia e mi mostrò lo schermo del suo telefono, dov'era visualizzato il mio ultimo messaggio.

«Ops.» Sì, probabilmente ai boss mafiosi i messaggi irrispettosi piacevano poco. Appunto mentale: mai infastidire il responsabile delle punizioni. O magari invece sì. Perché si vedeva che stava valutando la possibilità di punirmi. E l'agitazione tra le gambe mi disse che anch'io la stavo assaporando.

Contrasse le labbra, come trovandomi carina. Fece spallucce. «Già. Ops. Qualcuno è nei guai ora.»

Mi alzai e feci il giro del divano per andare a salutarlo. «Scusa?»

Lanciò giacca e telefono sul tavolino di vetro. Si sbottonò il polsino di una manica e iniziò a arrotolarla. «So di aver mostrato poco rispetto per il tuo tempo, ma abbiamo un accordo: sei tu quella disponibile. Non il contrario.»

Ressi il suo sguardo e mi abbassai sulle ginocchia, slacciandogli la cintura e aprendogli i pantaloni.

Si bloccò quando gli liberai l'erezione, come se non riuscisse ad arrotolarsi l'altra manica mentre lo stavo toccando lì. «Sarebbe un bel modo di chiedere scusa, *bambina*.»

Gli afferrai la base del pisello e mi inumidii le labbra, prima di farle scivolare lentamente sulla cappella.

Gemette e arrotolò l'altra manica. Era uno spettacolino, ne ero sicura. Feci del mio meglio per rimediare, portandolo in profondità nella tasca della guancia e poi staccandomi per lasciare che l'aria gli raffreddasse la pelle, prima di portarmelo di nuovo in profondità.

Gemette. «Brava, bambina.»

Adoravo la sua approvazione. Continuai a lavorarmi il pisello, a momenti concentrandomi sulla cappella per poi portarlo dritto in fondo alla gola, rilassando il riflesso del vomito per andare proprio giù. Borbottò un'imprecazione in italiano e mi afferrò i capelli nel pugno. Ne adorai la brutalità, specialmente quando iniziò a controllarmi la testa, tirandomi su e giù, poi tenendomi ferma, in modo che spingessi dentro e fuori.

Mi venne nella bocca, e io lo succhiai, assaporando il calore del suo sguardo mentre se lo rimetteva via.

«È stato bello, ma non ti salverà dalla punizione.» Sorrise e si sedette sul divano, poi si accarezzò le cosce. «Vieni qui, piccola.»

Obbedii con le farfalle allo stomaco, sdraiandomi sulle sue ginocchia. Iniziò a sculacciare con la mano una natica, poi l'altra, poi nel mezzo.

Mi dimenai mentre il fuoco si accendeva.

Si fermò e mi tirò giù le mutandine di pizzo. Si incastrarono sotto al mio corpo e si strapparono.

«Ops. Scusa, piccola. Te le ricompro.»

Mi accarezzò la pelle nuda, facendomi venire la pelle d'oca prima di iniziare a sculacciare di nuovo. Strinsi le natiche e raddrizzai le gambe, irrigidendomi come una tavola da surf.

«Spingi in fuori il culo» ordinò.

Per un attimo non mi mossi e lui non riprese, aspettando chiaramente che seguissi le indicazioni. Presi in considerazione l'idea di ignorarle, ma ovviamente un rifiuto non mi avrebbe portata da nessuna parte. Ero io quella piegata sulle sue ginocchia con le mutandine abbassate. Rilassai i muscoli del sedere serrati e inarcai la schiena, offrendogli il sedere per la punizione.

«Brava.»

Ricominciò a sculacciare, metodicamente, uniformemente, da un lato poi dall'altro, proprio nel punto in cui la natica incontrava la coscia. Mi dimenai sulle sue ginocchia.

«Scusa!»

Respirai a bocca aperta quando iniziò a bruciare, allungandomi all'indietro per cercare di coprirmi il sedere. Bobby mi prese il polso e mi piegò il braccio dietro la schiena, bloccandolo lì mentre continuava a piazzare schiaffi rapidi sulla metà inferiore del mio culo. Con mia sorpresa, spostò la presa sul mio polso in modo da tenermi la mano, come offrendomi tenerezza o sostegno mentre mi infliggeva dolore.

Entrarono in circolo le endorfine. Una scarica di piacere per il dolore, insieme a un mare di affetto nei confronti del mio punitore, mi fece inzuppare.

«Scusa!» ripetei.

«Scusa per cosa?» Mi massaggiò il culo, calmando il bruciore. «Scusa perchè ti ho fatto incazzare?»

Ridacchiò. «Risposta sbagliata.» Mi diede altre due sculacciate.

«*Scusa perchè ti ho fatto incazzare* significa che non pensi di aver fatto qualcosa di sbagliato.»

«Scusa per aver imprecato?» Continuava a brancolare nel buio. «Scusa per averti mancato di rispetto?»

Bobby infilò la mano tra i miei capelli per una carezza lenta. Mi diede molte altre sculacciate, poi immerse le dita tra le mie gambe e le strofinò sulla fessura fradicia.

«Mmm. Ti sono piaciute le sculacciate» borbottò, chiaramente divertito.

Agitai il culo sulle sue ginocchia. Ero pronta a qualcosa di più – dolore o piacere – qualunque cosa volesse darmi. Volevo tutto.

L'intensità della relazione non aveva paragoni. Con Bobby mi ero dimostrata più vulnerabile e avevo trovato in lui più premure, attenzioni e cure di quante ne avessi mai ricevute da qualsiasi uomo. Gestiva l'intimità meglio di chiunque conoscessi – diavolo, pretendeva tanto da me. E si dimostrava degno delle richieste, di continuo.

Trovò il clitoride e lo stuzzicò con movimenti circolari, e un mini-orgasmo mi si accese dentro.

«Bene, piccola» mormorò. «Mi piace quando mi vieni sulle dita.» Bobby mi sollevò per mettermi a cavalcioni sul suo grembo. Avvolsi le braccia intorno al suo collo e dondolai sul rigonfiamento dei suoi pantaloni.

«Non sei arrabbiatissimo con me, vero?» chiesi, anche se sapevo già che in fondo si stava divertendo.

«Sono *pazzissimo* di te» mi mormorò tra capelli.

Mi baciò, poi si allontanò e mi accarezzò il labbro inferiore con il pollice.

Lo presi in bocca e lo succhiai. Forte.

Il suo sguardo si incupì. Toccò il cuscino del divano. «Inginocchiati, *bambi*.»

Mi arrampicai sulle ginocchia, rivolta verso la parte posteriore del divano. Bobby si piazzò dietro di me e srotolò un preservativo.

Ero già in orbita, quindi nel momento in cui si spinse dentro roteai gli occhi indietro per il piacere. Mi afferrò i fianchi e mi scopò brutalmente, schiaffeggiandomi coi lombi. Mi afferrai allo schienale del divano, facendomi forza, spingendo indietro il culo per prenderlo ancora più in profondità. La stanza precipitava e si inclinava come se fossi sulle montagne russe. Ero stordita, inondata di piacere. Le dita di Bobby si strinsero intorno ai miei fianchi, le spinte divennero più rudi.

«Ti prego» piagnucolai, avendo bisogno di venire di nuovo.

«Aspetta il permesso» ringhiò.

Trattenni il respiro, resistendo all'orgasmo che sfrecciava sempre più vicino mentre lui continuava a montarmi.

«Adesso, piccola.» La sua voce era soffocata mentre si spingeva in profondità. Si avvicinò alla parte anteriore dei miei fianchi e mi strofinò il clitoride, e io andai in pezzi. L'estasi mi esplose dal nucleo verso l'esterno in spirali di calore ed endorfine.

Il mio grido riecheggiò dalle pareti, le dita dei piedi si arricciarono. Mi scossi e rabbrividii, e gli risucchiai ogni singola goccia di piacere dal cazzo.

Bobby continuò ad accarezzarmi leggermente il clitoride. «Ecco cosa succede quando fai la cattiva» ringhiò, soddisfatto.

Capitolo diciassette

Bobby

Scrutai Lexi mentre dormiva. Avevo passato la notte con lei. Mi ero detto di averlo fatto perché era troppo tardi per tornare a casa, ma la verità era che non volevo andarmene.

Dormire separato da Lexi stava iniziando a sembrarmi sbagliato.

Avevo mandato un messaggio a Juliana e Janine per fargli sapere che non sarei tornato a casa.

Ora me ne stavo appoggiato su un gomito a godermi il suo bel viso nella luce del mattino. I folti capelli lucidi erano sparsi sul cuscino, le ciglia lunghe e scure contro la pelle delicata. Aveva il tipo di bellezza che sarebbe durata fino alla vecchiaia: struttura ossea fine, occhi grandi e un sorriso generoso. Resistetti all'impulso di accarezzarle il viso, per non svegliarla. Le sue ciglia si aprirono e lei mi fissò, le labbra si allungarono in un ampio sorriso. «Sei rimasto.» Gettò una gamba sulla mia e strofinò il monte di Venere contro di essa.

Il suo desiderio sessuale era incredibile.

Mi fece scivolare la mano sul petto, riprendendo una lenta ondulazione con il bacino.

«Sei tu il capo.»

Risi, cogliendo lo spunto. «Esatto, bambina.»

I succhi della sua figa mi inumidirono la gamba. Si alzò su mani e ginocchia e strisciò su di me. «Posso succhiartelo?»

Il mio cazzo, già sull'attenti, si alzò per la gioia. «Prego.»

Aprì la bocca, facendo roteare la lingua sopra la cappella. Alzò gli occhi verso i miei nel momento in cui prese tutta la lunghezza in bocca, facendomi rabbrividire di piacere.

«Lexi...» borbottai, la voce roca.

«Mmm?» cantilenò, facendosi scivolare l'uccello nello spazio della guancia e poi più in fondo, in gola.

«Fai dei pompini fantastici.» Infilai le dita tre i suoi capelli setosi e le massaggiai il cuoio capelluto. «Ma lo sapevi già, non è vero, tesoro?»

Cantilenò di nuovo qualcosa e iniziò a muovere tortuosamente le mani alla base del cazzo, trascinandone una verso la cappella mentre l'altra teneva la base in una presa stretta.

«Il pompino di scuse di ieri sera è stato davvero sexy. Mi piace quando ti metti in ginocchio per me.»

Accelerò il ritmo, come eccitata dal complimento.

Gemetti. Mentre ondeggiava su e giù sopra il mio

cazzo, cominciai a sfaldarmi, stringendole i capelli per controllarle la testa. La mossi su e giù fino a quando non la tirai via gridando «*Dio, sì!*» mentre venivo.

Perché lei non aspettasse per venire, la afferrai e la tirai giù accanto a me, allargandole le cosce per restituirle il favore. La leccai dentro, facendo roteare la lingua intorno al clitoride, succhiando il piccolo nocciolo, usando le dita per immergermi dentro.

Lexi se ne stava sdraiata, facendo versi incoraggianti ma senza arrivare da nessuna parte.

«Vieni mai quando ti leccano, Lexi?»

Scosse la testa. «No... cioè, è fantastico! Mi fa stare bene ma...»

Ricordai la prima notte allo Swank, quando sembrava dubbiosa che potessi farla venire. Strisciai su di lei. «Che ne dici della posizione del missionario? Hai mai raggiunto l'orgasmo così?»

Scosse di nuovo la testa, poi fece spallucce. «No, mai, ma forse con te...»

Sorrisi, onorato dalla fiducia che riponeva nelle mie capacità. «Va bene, accetto la sfida.» Strisciai giù dal letto e aprii un cassetto del comò per prendere uno dei suoi reggiseni.

«Che cosa stai facendo?»

Feci scivolare una spallina del suo reggiseno su uno dei pali del letto, poi le afferrai i polsi e glieli bloccai sopra la testa annodandoci intorno il reggiseno.

«Ah» strillò. «Non so mica se conta come missionario, con le mani legate.»

Sollevandole le gambe in aria, le tenni le caviglie con

una mano e le diedi uno schiaffo al culo. «Chi gestisce lo spettacolo, *Bambi*?»

Fece una risata roca. «Tu, padrone.»

Le abbassai i fianchi, facendo scorrere il pollice lungo la fessura lucida. «Brava. Faccio io le regole qui. Tu ti sdrai e lo prendi. E adesso lo prendi nella posizione del missionario.»

Si agitò ancora di più al palpeggiamento, o forse alle parole; i suoi fianchi ondeggiavano sotto il mio pollice.

Le posai i piedi di nuovo sul letto. «Apri le ginocchia, *bambina*.»

Piegò le ginocchia, a piedi divaricati, e inarcò il bacino nella mia direzione.

«Ah, ora lo implori, vero?» Le diedi uno schiaffo leggero alla figa. Piagnucolò ma non chiuse le gambe, si affannò solo, guardandomi con eccitazione. «Vorrai venire nel momento in cui il mio cazzo penetrerà in quella bella figa, ma non potrai. Non fino a quando non te lo dico io.» Le schiaffeggiai di nuovo la figa. «Capito, bellezza?»

«Sì, signore!»

«Brava.» Mi srotolai un preservativo e lo spinsi dentro, abbastanza in profondità da farla gemere. «Ecco» mormorai, scivolando fuori e ripetendo il colpo aggressivo. «Ti scoperò così forte da non farti dimenticare mai chi ti possiede.»

Lei gemette, inarcandosi, le ciglia che svolazzavano.

Scandagliai le sue profondità, abbassando la testa verso un capezzolo per prenderlo con la lingua e poi morderlo con i denti. Le diedi un leggero schiaffo che le fece zampillare la figa, i fianchi che roteavano in un ritmo frenetico sotto di me. Tenni quel ritmo, lasciandole oscillare il clitoride contro di me a ogni colpo fino a quando le sue grida non divennero disperate.

«Vuoi venire ora, Lexi?» le chiesi, sculacciandole di nuovo il seno. «Sì?»

«Sìììì. Dio, sì!» gridò. Le strinsi le spalle, tenendola mentre le sbattevo dentro più e più volte fino a quando non partì il mio orgasmo. «Ora, Lexi!» gridai quando raggiunsi il culmine.

Si scatenò sotto di me, contorcendosi e venendo con un grido e un brivido.

«Sospetto» riflettei, liberandole i polsi mentre si riprendeva sotto di me, «che tu abbia solo bisogno di farlo brutalmente.»

«Io sospetto di aver solo bisogno di te» disse.

Il cuore mi tremò.

Arrossì, come se si fosse resa conto di avermi mostrato tutte le sue carte.

Avrei voluto dirle che avevo bisogno anch'io di lei, ma non era nel mio stile. Mi accontentai di esprimere la profondità dell'emozione con un bacio più tenero, fissandola negli occhi, in modo che percepisse il mio bisogno.

Capitolo diciotto

Il giorno dopo, andai al lavoro volando. Adoravo che Bobby pretendesse la mia sottomissione per poi ricompensarmi completamente. Per una che amava dare piacere come me, era una soluzione vantaggiosa per tutti. Non potevo mai perdere, perché mi diceva esattamente quello che voleva. Non si poteva negare il fascino che provavo per un uomo così chiaramente responsabile di me e del mondo circostante. O forse era come diceva lui: avevo solo bisogno di più brutalità.

Nel pomeriggio, un corriere consegnò allo Stylz una scatola con una dozzina di paia di costose mutandine di Victoria's Secret. Il biglietto diceva:

Scusa se ieri sera ti ho strappato le mutandine. Spero che queste le compensino. Non vedo l'ora di rivederti.

Erano esattamente della mia taglia e del mio stile. La giornata migliorò ancora quando controllai il telefono e trovai un'e-mail delle risorse umane della Stellar. La aprii e la lessi, trovando difficile elaborare le parole: ero stata assunta.

Ero stata assunta.

«Ehi, Lex?» Ondrea interruppe il mio fantasticare. «Delle clienti chiedono di te. Riesci a inserirle?»

«Quelle lì?» Guardai verso l'area di attesa, dove si trovavano due belle giovani. Sorelle... no, gemelle.

«Beh, solo una vuole il taglio. Ma sono venute insieme.»

«Certo che posso inserirla. Fammi solo finire di ripulire dopo l'ultimo cliente.»

Ondrea se ne andò, e io pulii la postazione e poi andai a prendere le ragazze. Una si sedette alla postazione e l'altra sulla poltroncina dei caschi, lì accanto, per guardare.

«Solo una spuntatina» disse la bella bruna.

«Vuoi tenere il taglio così com'è?» Non sembrava affatto che avesse bisogno di un taglio, ma non avevo intenzione di discutere. I soldi erano soldi.

«Sì, grazie.»

«Ok, andiamo a fare lo shampoo.» Le avvolsi un asciugamano intorno al collo, lo fissai e poi la accompagnai ai lavandini per lavarle i capelli e metterle il balsamo. Quando tornammo in postazione, incrociò il mio sguardo allo specchio con espressione maliziosa.

«Non sai chi siamo, vero?»

Aggrottai le sopracciglia, facendo vagare lo sguardo dal viso allo specchio a quello identico lì vicino. «Dovrei?»

«Io sono Juliana Manghini, e lei è mia sorella Janine.»

«Ah!» Il battito cardiaco mi accelerò.

«Bobby è nostro padre. Non ti ha mai parlato di noi?»

Feci un respiro e mi costrinsi a parlare. «Ehm, n-no. Insomma, sapevo che aveva delle figlie, ma non conoscevo i dettagli.» Chissà perché mi sentivo aggredita dalla visita. Sembravano abbastanza amichevoli. Non sembravano volermi odiare. Ma non sapevo nulla di loro. Non sapevo che fossero gemelle. Che fossero adulte, non bambine. Capii allora quanto poco sapessi del mio benefattore. Perché questo era, e basta. Non avevamo una vera relazione. Anche se io la volevo. Era tutto alle sue condizioni. Espirai e mi costrinsi a sorridere. «È un piacere conoscervi.»

Le ragazze sorrisero, contente.

«Ehm, come mi avete trovata?»

«Nostra zia Jessie mi ha dato il tuo biglietto al matrimonio di ieri sera.»

Matrimonio. Ieri sera. Ecco perché era in ritardo.

Era a un matrimonio. Un matrimonio di famiglia di cui non sapevo nulla. Mi si contorse lo stomaco. Era tutto sbagliato.

«Tecnicamente è una cugina» la corresse Janine.

«Giusto. Vabbè. Ha detto che ti ha conosciuta a una partita degli Yankees.»

«Ehm... sì» balbettai. Le mie mani per fortuna operavano da sole: pettinavano Juliana e separavano le sezioni per il taglio. «Allora... perché siete venute?» Mi preparai, pronta a tutto. Che mi dicessero che era sposato. O che sganciassero un'altra bomba. Forse stavano cercando di smascherarmi come una sgualdrina a caccia soldi. Boh. Sicuramente così mi sentivo in quel momento. Con Bobby c'era solo un accordo. Non ero abbastanza importante da essere portata ai matrimoni. O da essere presentata alle figlie. Non valeva la pena impegnarsi con me.

Diavolo, non potevo nemmeno telefonargli. Dovevo scrivergli.

«Volevamo solo conoscerti. Tutto quello che ti riguarda è un segreto. Non ci ha presentate, quindi abbiamo pensato di arrangiarci.»

Fui pervasa dal freddo.

«Ah.» Fu tutto ciò che mi venne in mente.

Le figlie sembravano carine. Se le avessi conosciute in circostanze diverse, sicuramente le avrei adorate. Ma tutta la chiacchierata mi stava facendo venire le vertigini.

La nausea.

Improvvisamente, tutto quello che avevo adorato della serata precedente mi sembrava fastidioso. Non era rimasto al lavoro fino a tardi né era rimasto incastrato da misteriosi affari mafiosi. Era andato a un matrimonio di famiglia. A cui non ero stata ritenuta degna di partecipare.

Male.

La situazione non funzionava più. Assolutamente no.

Strinsi le labbra, le mani in costante lavoro, che tagliavano le punte delle ciocche di Juliana.

Le sorelle si scambiarono un altro sguardo e cadde un silenzio imbarazzante. «Scusa la stranezza della cosa» disse Janine.

«Ehm, ma no» dissi con un tono di voce chiaramente

troppo acuto, che quindi rivelava una bugia. «Sto solo, ah, rendendomi conto che forse tanta segretezza non mi va più bene.»

Le figlie di Bobby si scambiarono un altro sguardo. «Beh, non prenderla nel modo sbagliato. È che non gli piace mischiare la vita sentimentale con noi» commentò Juliana. «È colpa nostra: dopo il divorzio dei nostri genitori, all'inizio li aggredivamo quando uscivano con altre persone.»

Mi costrinsi ad annuire, come se capissi. Come se tutto avesse perfettamente senso, quando in realtà erano stronzate. In qualche modo riuscii a finire il taglio, presi l'asciugacapelli e lo accesi, grata che soffocasse ogni ulteriore tentativo di conversazione.

Quando lo spensi Juliana si buttò subito, neanche avesse aspettato di parlare per tutto il tempo. «Gli piaci davvero, sai. Sei la prima di cui abbiamo sentito parlare. Ecco perché siamo venute a cercarti.»

Mi si strinse il cuore. Quasi le credevo.

Ma non importava che gli piacessi o no.

Non gli piacevo abbastanza. Non riuscii a rispondere.

Mi costrinsi solo a un sorriso debole mentre le toglievo la mantella e spazzavo via i capelli dal collo. «Fanno cinquanta dollari» riuscii a dire. Lei mi pagò, ed entrambe esitarono, come per dire altro, ma io girai le spalle e me ne andai a prendere la scopa. Quando tornai, se ne erano andate.

Mi sedetti, tremando. Bobby mi aveva trattato come una di serie b. E per cosa? Per farsi una risata a mie spese? Per tenermi a distanza di sicurezza? Non ero abbastanza brava da fargli da vera fidanzata? Bisognava essere italiana per ricoprire quel ruolo? O... cosa?

Riuscivo a malapena a pensare, e la prossima cliente sarebbe arrivata a momenti. Presi il telefono e lo strinsi con le dita tremanti.

Trenta minuti prima ero stata entusiasta di scrivergli per dirgli di essere stata assunta. Ma adesso...

Strinsi i denti e composi il numero.

Non avrei dovuto chiamare, ma davvero non mi interessava. Anzi, mi interessava eccome. Era un test.

E la sua reazione mi avrebbe detto tutto.

Non rispose.

Cercai su Google la sua azienda e composi quel numero, perché mi aveva detto che oggi doveva lavorare anche se era sabato.

«Lexi, non puoi chiamarmi qui.»

Ecco come rispose.

Annuii. La lama di una ghigliottina invisibile gli era appena piombata sul collo. «Proprio come pensavo» dissi secca, e agganciai.

Vaffanculo.

Basta.

L'accordo per me non funzionava più. Mi occupai della cliente successiva e poi mi infilai nella stanza sul retro per chiamare Gina. Avevo paura di piangere, e non volevo che al salone mi vedessero.

La mia amica rispose al secondo squillo. «Ciao, Lex.» Sembrava assonnata, anche se erano le due del pomeriggio. Con il fatto che lavorava fino a tarda notte e aveva un fidanzato sexy che non ne aveva mai abbastanza, spesso si alzava dopo mezzogiorno.

«Scusa. Ti ho svegliata?»

«Mmm, no. Mi stavo alzando. Come stai?»

«Di merda.» Mi si spezzò la voce.

«Cos'è successo?»

«Non lo so. Le figlie di Bobby si sono appena presentate qui per incontrarmi. Ieri dev'esserci stato un matrimonio di famiglia.» Gina aspettò. «A quanto pare non valgo abbastanza da meritare un invito. O anche solo da esserne messa al corrente. Secondo loro non voleva farci conoscere, quindi hanno giocato alle detective e mi hanno trovata da sole.»

«Ok» disse Gina lentamente, come se stesse cercando di capire.

«Per me non funziona. Non voglio essere solo la puttana che si tiene per i bei momenti.»

«No, certo che no. Ma non so se è davvero così. Perché non gli parli e non gli chiedi che cazzo significa?»

Mi scappò di gola un verso d'impazienza. «Non voglio più parlarci. Senti, è meglio che vada, ho un'altra cliente in arrivo. Grazie per avermi ascoltata.»

«Figurati. Ehi, Lexi...»

«Sì?»

«Non aver paura a lasciarlo solo perché non hai un posto dove andare. Sei ancora la benvenuta sul mio divano.»

«Grazie» dissi con pesantezza. «Davvero.»

Il divano di Gina era meglio che fare da giocattolino a Bobby.

* * *

Bobby

Lexi aveva chiamato nel bel mezzo dell'ennesima conversazione con il maledetto revisore dell'Agenzia delle entrate . Non intendevo fare lo *stronzo*, ma sapevo di averla offesa. Chissà perché aveva chiamato qui, però.

Avevamo dei limiti. Non avrebbe dovuto farlo.

Tuttavia provavo una sensazione di disagio da tutto il pomeriggio. Le mandai un messaggio per dirle che ero impegnato, ma non rispose.

Quando il revisore finalmente se ne andò, provai a chiamarla ma non rispose, quindi andai da lei.

Avrebbe dovuto avere notizie dal lavoro oggi. Cazzo, speravo non fossero cattive. Forse era per questo che mi aveva chiamato al lavoro.

Nel momento in cui entrai nell'appartamento, capii che c'era davvero qualcosa che non andava.

Era tutto pulitissimo. Lexi normalmente era pulita, ma tutto profumava come se fosse stato appena pulito, e oggi non era giorno di pulizia.

La trovai in bagno, a strofinare la vasca. Alzò lo sguardo quando entrai e la salutai, ma non disse nulla. Diversi campanelli d'allarme mi suonavano in testa.

«Lex? Cosa sta succedendo?»

Scosse solo la testa e continuò a pulire.

Ok, quindi era una che puliva quando era arrabbiata. Capito. La raggiunsi da dietro. «Che c'è, piccola? Novità dal lavoro?»

«Mi hanno assunta» disse, dritta al punto. Si alzò e si

tolse i guanti di gomma, passandomi accanto senza guardarmi.

«Fantastico.» Mi fermai quando continuò a evitare il contatto visivo; si lavò le mani nel lavandino. «Cosa sta succedendo? Parlami, bambina.» La raggiunsi.

«No.»

Raggelai, tirando indietro la mano come se mi avesse bruciato. Nonostante i giochini aggressivi, non avrei mai forzato una donna che non mi voleva, specialmente Lexi, a cui tenevo sinceramente.

«Che c'è?»

Finalmente si girò e mi guardò per la prima volta. «Le tue figlie mi hanno detto del matrimonio.» La sua voce aveva un tono d'accusa. Colsi la sua espressione. C'era rabbia mista a determinazione.

Cazzo.

«Sei arrabbiata.»

«No, Bobby. Non sono arrabbiata. Sono stufa. Questa situazione non funziona.»

Mi strofinai una mano sul viso. «Sei arrabbiata perché non ti ho portato al matrimonio? È così? Forse... avrei dovuto.» Mi passai le dita tra i capelli. *Fanculo.* «Parliamone.»

Scosse la testa. «Va bene così. Lo capisco. È un accordo. Hai chiarito perfettamente che non sei il mio ragazzo. Ovviamente non dovevi portarmi a un matrimonio di famiglia. Lo capisco.»

«No.» Alzai i palmi. «Non è così. Mi sono ritrovato a desiderare che tu fossi lì, bambolina. Solo che mi piace tenere le cose separate, per la tua sicurezza. E perché preferisco non mescolare la vita sentimentale con le mie figlie.»

«Le tue figlie hanno diciannove anni!»

«Ma così è più facile.»

«Lo so.»

Mi sfiorò per entrare in camera da letto. La seguii.

«Vuoi qualcuno da controllare. Qualcuno a cui non rispondere. Ti piace fare i tuoi giochetti con me, vero?»

Dannazione. La cosa era andata così fuori dai binari che non sapevo neanche se sarei riuscito a recuperare. Era stata sempre disponibilissima. Pensavo – stupidamente – che l'accordo le andasse bene.

«Scusa se ti ho fatta arrabbiare.»

«Scusa se ti ho fatto arrabbiare significa che non pensi di aver fatto qualcosa di sbagliato.»

Mi rinfacciò le mie stesse parole. Aveva ragione. Sentivo davvero di dovermi scusare? Non proprio. Mi era piaciuto l'accordo. Non volevo il noioso, smielato tipo di vita sentimentale che avrebbe comportato la presenza di una ragazza fissa.

«Lex» provai a persuaderla. «Non intendevo farti del male. È solo il modo in cui volevo che andasse la nostra relazione. Sembravi perfettamente felice di accettarla, quindi non ci ho visto alcun problema.»

Le lacrime le riempirono gli occhi, ma a giudicare dalla posizione della mascella erano di rabbia. «Ho solo bisogno di un po' di tempo per pensare. Potresti andartene? Voglio che tu te ne vada.»

Il cuore mi si torse dolorosamente nel petto. Una lacrima le scivolò sulla guancia.

Mi ci volle tutta la mia forza per non lanciarmi in avanti e stringerla tra le mie braccia. Ma non voleva essere toccata. Non da me. Non ora, comunque.

«Lexi» riprovai.

«Per favore» supplicò. «Per favore, puoi andartene?»

Tanta freddezza mi raggelò dal cuore alle punte dei piedi. «Sì, va bene» dissi. «Ne parliamo domattina, ok?»

Aveva bisogno di spazio, quindi glielo avrei dato.

Lei non rispose; non che mi aspettassi altro.

Uscii, spegnendo la mente.

Non volevo pensare a come avevo mandato tutto a puttane. Di brutto. Forse irreparabilmente.

Odiavo lasciare le cose irrisolte. Andava contro il mio istinto. Sarei dovuto rimanere e combattere per lei. Ma la rispettavo troppo per ignorare i suoi desideri. Speravo solo di poter trovare le parole giuste per farla rimanere, l'indomani.

Lexi

Gli avevo mentito.

Non avevo bisogno di spazio. Avevo bisogno di andarmene.

Dopo che se n'era andato, feci le valigie. Non avevo un posto dove mettere i mobili e le cose che erano in deposito nel seminterrato dell'edificio, ma potevo preoccuparmene dopo.

Ora avevo un nuovo lavoro con uno stipendio garantito.

Avrei potuto comprarmi cose nuove una volta assunta.

In quel momento, avevo solo bisogno di uscire dall'appartamento. Di allontanarmi il più possibile da tutte le cose che mi ricordavano Bobby.

Non ero arrabbiata. Cioè, sì, ma non ne avevo il diritto. Bobby era stato chiaro fin dall'inizio sui parametri della relazione. Ero io la sciocca che voleva di più.

La sciocca che si era innamorata.

Sarei potuta rimanere. Avrei potuto godermi l'appartamento di lusso e il sesso grandioso. Ma ogni giorno in più qui, sgretolava sempre di più la mia dignità. Faceva a pezzi il mio cuore.

No, meglio tagliare ora prima di affezionarmi ancora di più.

Mi ci volle fino a mezzanotte, ma riuscii a imballare bene tutto ciò che possedevo e fui pronta a partire. Chiamai un taxi per passare prima allo Swank a prendere la chiave e poi andare a casa di Gina.

Quando arrivai, mi ci vollero novanta minuti per trasferire la mia roba dentro, fare la doccia e raggomitolarmi sul divano. Avevo voglia di piangere, ma non ne avevo nemmeno la forza.

Ero troppo svuotata per digerire anche il dolore che portavo in corpo. Nell'anima. Ero troppo esausta per valutare quanto mi sarebbe costato tagliare i ponti.

Capitolo diciannove

Bobby
Passai una notte inquieta, sognando di essere interrogato dai federali, che chissà perché se ne stavano davanti a Lexi, che era in piedi dietro di loro. Era lì, a braccia conserte, neanche lavorassero per lei.

La sera ero tornato a casa cercando di ignorare il malessere allo stomaco, il freddo che mi girava nelle vene. Avevo preso il telefono una dozzina di volte per chiamarla, ma avevo premuto il tasto rosso prima ancora che squillasse. Cosa avrei potuto dirle che non le avevo già detto? Non sapevo come fare a farle cambiare idea sull'accaduto. Quando mi svegliai, la mattina, controllai il telefono per vedere se aveva chiamato. Non lo aveva fatto, ma ovviamente avevo tre messaggi di quel coglione del sindaco sull'indagine sul suo cellulare. Non riuscivo neanche a pensare di sorbirmi la sua petulanza, adesso.

Evitai di chiamarla, e optai invece per andare da lei

una volta fatta la doccia, mosso da un pressante senso di urgenza che mi faceva andare avanti.

Appena arrivato, capii: se n'era andata.

Cazzo.

Non sarei mai dovuto andare via. Sarei dovuto rimanere e capire cosa dire per farla rimanere.

Il telefono che le avevo dato era appoggiato sul tavolo, insieme alle chiavi dell'appartamento. Corsi in camera da letto. Era sparito tutto. Niente vestiti, niente scatoloni. Non c'era niente neanche in bagno. Presi a pugni il muro, e l'intonaco si sgretolò sotto le nocche. Provai a comporre il suo numero sul mio telefono ma, ovviamente, non rispose. Presi l'ascensore per il seminterrato per controllare il deposito. I mobili erano ancora lì, imballati, dove i miei li avevano lasciati. Almeno avevo questa piccola cosa. Avrebbe dovuto contattarmi per riavere le sue cose. Barlume di soddisfazione che non si avvicinò neanche lontanamente a spazzare via il freddo gelido che mi filtrava per il corpo.

Dovevo sentirla ben prima che tornasse a prendersi i mobili. Dovevo trovarla e risolvere il problema.

Solo che avevo la terribile sensazione che fosse già troppo tardi.

Lexi

Mi svegliai con il collo rigido per aver dormito sul divano di Gina e un dolore al petto che non sarebbe andato via. Cercai di dirmi che avevo fatto la scelta giusta.

Non potevo stare con Bobby. Se lo avessi rivisto, sarei inciampata nel suo carisma e nella sua potente personalità. Anche chiedendogli di andarsene speravo che si rifiutasse, per incatenarmi al letto magari. Per regalarmi orgasmi fino a quando non avessi perso la testa e accettato di restare.

Mi alzai e mi lavai la faccia, in silenzio in modo da non svegliare Gina e Leo, che erano tornati a casa dal lavoro alle tre del mattino. Saltai la colazione, troppo piena di nodi allo stomaco per mandar giù qualcosa. Guardai nel telefono gli annunci di case in affitto.

Verso mezzogiorno, Gina uscì dalla camera da letto avvolta in una soffice vestaglia rosa. «Buongiorno.» Sembrava intontita.

«Ehi» dissi piano, nel caso in cui Leo stesse ancora dormendo. «Grazie per avermi permesso di rimanere. Prometto che non resterò molto.»

Sventolò una mano. «Rimani quanto ti serve. Siamo felici che tu sia qui.»

«So che è una bugia, ma grazie per averlo detto. Stavo cercando casa proprio in questo momento. Ho i soldi per la caparra, e col nuovo lavoro dovrei essere in grado di affittare subito qualcosa. Ho già preso degli appuntamenti.»

«Nessun problema. Puoi rimanere tutto il tempo di cui hai bisogno. Davvero.» Fece un cenno disinvolto della mano.

«Grazie. Senti...» Espirai. «Sono sicura che Bobby mi cercherà...»

Gina annuì, scrutandomi con occhi comprensivi.

«Potrebbe chiedere di me. E probabilmente sarà insistente. Sai, di solito non accetta un no come risposta.»

«Non vuoi che sappia dove stai?»

Lo stomaco mi si contorse al pensiero di rivederlo. Non potevo. Non ero abbastanza forte. «No.»

«Hai paura di lui? Voglio dire...»

«No, no. Niente del genere. Ho preso una decisione, e non voglio che cerchi di farmela cambiare.»

«Va bene. Non dirò una parola. Ma non verrà al salone?»

«Probabile. Quindi non ci torno.»

«Cosa? Ma dai!»

«Beh, sono stata assunta. Vedrò di iniziare subito. Ho abbastanza risparmi da parte, dato che Bobby pagava tutto e mi dava anche un sacco di soldi.»

«E le spese mediche? Ha pagato anche quelle?»

«No. Di quelle non gli ho detto niente. Ma posso continuare a pagarle un po' alla volta. Il nuovo lavoro aiuterà molto.»

Gina si sedette a guardarmi, senza dire nulla.

«Che c'è?»

Fece spallucce. «È che non capisco perché non potete chiarire. Ma va bene così. Non sei costretta. Sei mia amica, e ti sostengo al cento per cento.»

Ci provai, ma non riuscii a farle un sorriso. Le lacrime che in qualche modo ero riuscita a contenere la notte mi riempirono gli occhi, poi mi scesero sul viso.

«Merda, scusa.» Gina si alzò e venne ad abbracciarmi. «È tutta colpa mia. Non avrei mai dovuto insistere perché vi frequentaste.»

«No, non fa niente.» Tirai su con il naso. Perché a dire il vero... non mi sarei mai persa l'occasione di frequentarlo per tutto l'oro del mondo. Era stata un'esperienza meravigliosa, finché era durata.

Ma non poteva andare oltre. Avevo già il cuore spezzato. Non riuscivo a immaginare quanto sarebbero peggiorate le cose se fossi rimasta più a lungo.

Capitolo venti

obby
Ero un Manghini. Mi piaceva pensare di avere le palle d'acciaio. Ma quella settimana mi stava uccidendo, cazzo. Non ero riuscito né a vedere Lexi né a parlarle. Ero passato allo Stylz, ma la ragazza alla reception mi aveva detto che non lavorava più lì.

Avevo tentato di chiamarla, ma mi aveva bloccato.

Ero anche passato allo Swank per parlare con la sua amica, Gina, ma non mi aveva detto dov'era. E non le avrebbe nemmeno passato un messaggio da parte mia. Aveva detto che Lexi stava cercando di darci un taglio netto e che non voleva che andassi a cercarla.

Ecco la parte che mi aveva massacrato più di tutte.

Alle volte una donna chiudeva per tenere il punto. Per farsi corteggiare. O riconquistare.

Ma Lexi no. Non stava cercando di punirmi. Stava cercando di andare avanti.

Ero devastato.

Continuavo a rimuginarci su per capire quando le cose erano andate male. E com'era stato possibile. Non poteva essere stato semplicemente perché non l'avevo invitata al matrimonio, no? Bastava a porre fine a una cosa bella? Beh, lo sapevo che le cose erano molto più profonde. Per lei era stato un segnale. Come quando non le avevo risposto al telefono dell'ufficio. Le avevo dimostrato che non era importante abbastanza.

Maledizione!

Rimasi ogni sera in ufficio fino a mezzanotte dicendomi che stavo lavorando sui problemi coi federali e con l'Agenzia delle entrate. Ma in realtà stavo solo cercando di distrarmi.

La quinta sera, tornai a casa a mezzanotte e presi una fetta di pizza fredda dalla scatola che le ragazze avevano lasciato sul bancone. Mi piazzai al tavolo per mangiarla dalla scatola.

Volevo stare da solo. Sicuramente non volevo parlarne con nessuno. Soprattutto non con le mie figlie.

Ma, evidentemente, quella settimana non ottenevo nulla di quello che volevo.

«Ehi, papà.» Janine apparve sulla porta. «È tutta la settimana che non ti vediamo.»

«Sì. Sono stato impegnato. Dov'è tua sorella?»

«Fuori con uno.» Quando non risposi, la sua fronte si raggrinzì e venne a sedersi al tavolo con me. «Va tutto bene?»

«No, piccola. Non proprio.»

«Devo preoccuparmi?»

C'era una quiete nella sua voce che mi disse che

sapeva che avevo a che fare con un settore pericoloso. Che ero della famiglia La Torre. Che non tutto nei miei affari era legittimo o sicuro.

«No. Sono sotto inchiesta, ma niente che non possa risolvere. No, in realtà ho solo il cuore spezzato.»

Spalancò la bocca. L'avevo sicuramente stupita confessando una qualche forma di vulnerabilità. Non era nel mio stile. E avevo appena ammesso a lei e a me stesso di amare Lexi. L'amavo. Ancora. Non era finita.

«Cos'è successo?»

«Beh, sembra che le mie figlie ficcanaso abbiano fatto visita a Lexi.»

Juliana spalancò gli occhi. «Ma non capisco...»

«E nemmeno io, a dire il vero. Non l'ho invitata al matrimonio, e temo che sia stata questa la goccia.»

«Oh mio Dio, vedi? Te l'avevo detto, papà. Avresti dovuto invitarla.»

«Così non mi aiuti, eh.»

«Giusto, giusto. Scusa. Allora... si sente poco importante per te?»

«Sì, immagino. O qualcosa del genere.»

«Bene, e cos'hai intenzione di fare?»

«Non lo so» dissi pesantemente.

«Mi sembra che valga la pena lottare per lei. Voglio dire, non ti avevo mai visto tanto preso da una donna.»

Non mi ero mai sentito così per una donna. Nemmeno per la mia ex. Lottare per Lexi avrebbe significato cambiare ciò che eravamo. Ciò che eravamo stati. Lexi voleva di più da me. Forse una relazione tradizionale.

Mi piaceva il ruolo dello sugar daddy perché mi piaceva avere potere su di lei, mi piaceva averla legata a me. Senza quella dinamica di potere, avrei provato gli stessi sentimenti? No. Non proprio. Non volevo una ragazza smielata né sesso smielato.

Non volevo un'altra moglie noiosa da cui non tornare mai.

Ma Lexi non sarebbe mai stata così. Anche senza l'accordo, Lexi era lo yin del mio yang. Le piaceva come me la facevo. Si era sottomessa quando avevo dominato, ma non per soldi, non per l'appartamento. No, si era sottomessa perché l'aveva eccitata. Tanto quanto aveva fatto impazzire me chiedere la sua sottomissione. Battei le palpebre nel capirlo. Forse, se le avessi spiegato le cose così, avrebbe capito anche lei.

«Devi dimostrarle che per te è importante» mi consigliò Janine. «Magari dovresti chiederle di sposarti o... una cosa così.»

«Lexi non mi risponde al telefono e non vuole nemmeno vedermi. Non credo che accetterebbe una proposta di matrimonio.»

«Beh, sto solo dicendo che dovresti andare a riprendertela. Fai tutto il necessario.»

Mi alzai. Lo Swank era ancora aperto, il che significava che la migliore amica di Lexi, Gina, doveva essere nei paraggi. Avevo già tentato con lei, ma dovevo insistere. Lei sapeva dov'era la mia ragazza, e io avevo bisogno di riaverla.

* * *

Mi sedetti al bar e aspettai Gina, ormai definitivamente promossa al bancone invece che come cameriera. Invece di venire da me, mi mandò una cameriera con un Glenlivet, evitando accuratamente i miei sguardi quando cercai di attirare la sua attenzione.

Non importava se dovevo aspettare tutta la notte. L'aggressiva frustrazione che avevo manifestato l'ultima volta che avevo cercato di parlarle ora era stata sostituita da una calma determinazione. Avevo bisogno di trovare Lexi, e Gina sapeva dov'era. Avrei trovato le parole giuste per farla aprire.

Come segno di quanto fosse leale all'amica, mi ignorò per un'ora e mezza, per scoraggiarmi. Disposta a farmi incazzare in un edificio in cui praticamente ero al comando.

Alla fine commise l'errore di guardarmi, e io colsi il suo sguardo e le feci un cenno. Serrò le labbra, ma si avvicinò.

«Un altro, signor Manghini?» chiese educatamente.

«Gina, ascoltami. Ho fatto un casino con Lexi. Non intendevo farle del male, ma l'ho fatto.» Parte della suscettibilità di Gina sfumò. Stava prestando attenzione. Era il massimo che potevo chiedere a quel punto. «Farei qualsiasi cosa per mettere a posto le cose. L'amo.» E qui si ammorbidì completamente. La sua espressione si addolcì e la rigidità di prima le lasciò il petto. «Penso che tu sappia che anche lei tiene a me. Farò tutto il necessario per riaverla, farò tutti i cambiamenti che vuole. So che ti ha detto di non dirmi dov'è, ma adesso ti imploro. Posso renderla felice. E non le farò più del male. Hai la mia parola.»

Gli occhi verdi di Gina mi scrutarono, con diffidenza. Poi scosse la testa. «Non posso.» Si allontanò bancone.

«Aspetta!» Le coprii la mano con la mia. «Per favore. Dammi solo un suggerimento. Qualsiasi cosa, devo trovarla.»

Gina si guardò intorno, come in cerca della risposta corretta.

«Per favore, Gina. Fallo per Lexi. Posso renderla felice. La sposerò, se vuole. Non le farei mai del male. E se dopo avermi ascoltato ancora non vuole avere nulla a che fare con me, prometto che me ne andrò e che non disturberò mai più nessuna delle due.» Vidi Gina iniziare a piegarsi. «So che vuoi ciò che è meglio per lei. E lo voglio anch'io. Anche fosse una vita senza di me. Ho solo bisogno di spiegarmi. Me ne darai modo? Di fare ammenda?»

«Me l'aveva detto che sai essere persuasivo.» Guardò ancora dietro di me, la folla.

«Se non vuoi dirmi dove sta, chiamala e chiedile di venire qui. Puoi farmi cacciare dai buttafuori, se è a disagio.»

Scosse la testa. «Non ha paura di te. Ma non ti rivuole.»

«Io invece credo di sì» risposi dolcemente.

Incrociò il mio sguardo. Strinse le labbra. «Forse hai ragione» concordò.

Trattenni il fiato.

Sospirò. «È a Las Vegas» disse. «Ha iniziato il nuovo lavoro e l'hanno mandata lì a seguire un workshop.»

«A Las Vegas dove?» Sarei salito su un aereo quella sera stessa. Non me ne fregava niente dei federali, dell'Agenzia delle entrate né di nessuno altro. L'unica cosa che contava era vedere Lexi. Farle capire che per me era importante.

Gina scosse la testa. «Non so dove, ma tornerà domani mattina. Sta da me finché non trova un posto dove vivere.»

Non volevo aspettare fino al giorno dopo, ma non avevo intenzione di pretendere altro quando ero appena riuscito ad ammorbidirla. Le porsi il mio telefono. «Mi scrivi il tuo indirizzo? Sarò rispettoso. Lo prometto.»

Si mordicchiò il labbro per un momento, poi lo prese e scrisse l'indirizzo in un messaggio. «L'ho mandato a me stessa, così hai il mio numero. Scrivi prima, ok?»

Posai una banconota da cento dollari sul bancone. Non la stavo pagando per le informazioni, ma meritava senza dubbio una mancia. «Grazie.»

Mentre uscivo, strinsi i pugni con determinazione. Lexi tornava domani. Ancora un giorno e l'avrei rivista.

E, se Dio avesse voluto, l'avrei abbracciata ancora.

Dovevo capire cosa fare per dimostrarle che per me lei era tutto.

Capitolo ventuno

L*exi*

Mi sedetti a un tavolo in una stanzina davanti a due agenti dell'FBI che mi erano venuti a prendere all'aeroporto appena atterrata a Newark. Avevo un nodo allo stomaco. La bocca secca.

«Vorremmo informazioni su Bobby Manghini» disse l'agente Sully.

Iniziai a sudare freddo. Ecco da cosa stava cercando di proteggermi Bobby quando mi aveva detto di non chiamarlo a casa o in ufficio. Stupida io che mi ero messa un bersaglio sulla schiena. Mi venne la pelle d'oca alle braccia mentre pensavo a tutti gli avvertimenti che Bobby mi aveva dato per la mia sicurezza. Temeva che i federali arrivassero a me o cos'avrebbe potuto fare la famiglia se avesse pensato che sapevo qualcosa e potevo parlare? In entrambi i casi, la situazione era brutta.

«Mi dispiace, ma ci siamo lasciati.»

«Sì, lo sappiamo. Ecco perché crediamo che possa rendersi utile alle indagini» disse McGalister.

Scossi la testa.

«Può iniziare raccontandoci tutto ciò che sa sulle sue conoscenze nelle istituzioni cittadine» disse.

«Non so nulla dei suoi affari; ha sempre tenuto le cose separate.»

Sully ridacchiò. «Lo trovo difficile da credere. Viveva in un appartamento del signor Manghini, non è vero?»

«E allora?»

«Sicuramente ha sentito qualcosa.»

«No. Non ho mai sentito nulla. Come ho detto, non parlava di affari con me.»

«Può parlarci del rapporto che aveva con lui?»

«No.»

«Ha paura di lui?»

«No.»

Sully si chinò sulla scrivania, mettendomi il naso in faccia. «È in un mare di guai, ora. Farebbe meglio a darci qualcosa, o finirà in prigione.»

«Voglio un avvocato.»

«Guardi,» sibilò McGalicaster, improvvisamente tenerissimo, «che noi vogliamo solo aiutarla. Sappiamo che deve ancora saldare delle spese mediche. Oltre a cancellare lo storico di tutte le frodi fiscali ed eliminare la sua responsabilità fiscale, il governo è anche disposto a pagargliele.»

«Ah sì?» dissi, sarcastica. «E devo solo... cosa? Dare informazioni su un mafioso? Certo, mi sembra un gran bello scambio!»

«Quindi *sa* degli affari di Bobby?»

Cazzo. Alzai gli occhi. «Certo che no!»

«Sapeva che il suo ragazzo ha corrotto il sindaco per ricevere dei contratti cittadini?»

Li guardai. Era questo il peggio che hanno su di lui? Temevo omicidi, reti di droga, prostituzione, gioco d'azzardo. Ma corrompere il sindaco per ottenere un contratto... non me ne poteva importare di meno. «E allora?»

«E allora è illegale.»

«Per il sindaco, forse. Senta, se questo è tutto ciò che avete da dire, ho finito. Fatemi uscire.»

«Se ne andrà quando avremo finito!» sbottò McGalicaster.

«Voglio un avvocato» ripetei. Avevo guardato abbastanza gialli da sapere che qualsiasi cosa io dicessi dopo aver chiesto l'avvocato sarebbe stata inammissibile in tribunale. Ed ero anche abbastanza sicura che non potessero trattenermi molto a lungo senza un'accusa. Incrociai le braccia al petto e decisi di rimanere in totale silenzio.

Tre ore dopo, McGalicaster e Sully finalmente mi lasciarono andare.

Avevo fame, ero incazzata e molto più che nervosa. Tutto quello a cui riuscivo a pensare era quante volte Bobby era andato fuori di testa perché avevo visto o sentito qualcosa.

È per la tua sicurezza e la mia.

Naturalmente non sapevo nulla, e comunque non avrei parlato, ma lui lo sapeva? Ed ecco una domanda migliore: il suo capo lo sapeva?

Uscii dall'edificio e tirai fuori il telefono per chiamare un Uber, ma tre giovani mi circondarono.

«Lexi» disse uno. Lo riconobbi come uno dei ragazzi che mi aveva trasferito la roba da Bobby. Tommy, forse. E Junior era l'altro.

Cazzo. Male. Molto, molto male. «Devi venire con noi.»

* * *

Bobby

Ero nella mia macchina, fuori casa, mentre i federali la perquisivano.

Eh già. Non avevo apprezzato per niente la visitina alle cinque del mattino. E nemmeno le ragazze, completamente terrorizzate dall'idea che potessi finire in prigione.

Le avevo mandate dalla madre fino a quando le cose non fossero finite.

Non sarei finito in prigione. I federali non avrebbero trovato un cazzo.

Tuttavia stavo sudando un bel po', e speravo di non aver trascurato nulla. Non me ne fregava un cazzo di niente, però. Non era quello il motivo per cui mi stavo strappando i capelli. Non avevo ancora trovato Lexi. Secondo Gina oggi non era tornata da Las Vegas, e non rispondeva al telefono. Non credendole, avevo già provato ad andare all'appartamento in cui viveva con Leo per cercarla. Mi avevano lasciato entrare e mi ero guardato intorno, ma a meno che non si fosse nascosta in un armadio o in bagno, non c'era.

Mi stavo scervellando dal tentativo di capire se si stesse ancora nascondendo da me o se qualcosa fosse andato terribilmente storto. Squillò il telefono.

Vedendo che era il don, risposi.

«Che cazzo sta succedendo, Bobby?»

Espirai. «Al momento i federali mi stanno perquisendo casa. Immagino che stiano parlando anche con Greta. Va tutto bene. Lei non sa nulla. Non ha nulla. E comunque è della famiglia. Non parlerebbe mai.»

«E la spogliarellista?»

Faticai a tenere il passo. «Lei che c'entra?»

«Anche lei oggi ha visto i federali.»

«Cazzo.»

Stacy era una mina vagante. E l'ultima volta che l'avevo vista, le avevo stupidamente messo le mani addosso. Cosa che avrebbe potuto ritorcermisi contro e mettermelo in quel posto. Ma comunque non sapeva nulla degli affari. E non la credevo sufficientemente pazza da diventare informatrice. E nel caso contrario... beh, si sarebbe scavata la fossa da sola.

Al poteva anche occuparsi di lei, se voleva.

Poi mi venne in mente una cosa. *Lexi.*

Mi si gelò il sangue nelle vene. Improvvisamente capii perché era sparita. «Chi altro hanno?» dissi con un filo di voce.

Al taceva. «Eh?»

«Cazzo. Penso che abbiano preso anche Lexi.»

«La tua nuova ragazza?»

Ex ragazza, ma di certo non lo avrei detto al don. Non potevo permettere che se la prendesse con lci. Ero già spaventato a morte perché la sapevo in pericolo. «Sì.»

«Adesso verifico, ho messo Carlo a tenere d'occhio l'edificio.» Al attaccò prima che potessi protestare.

Carlo.

Cazzo!

Mi affrettai a chiamarlo, sperando di sentirlo prima del don. Mentre squillava, sfrecciai nel traffico, diretto il più velocemente possibile al quartier generale dell'FBI.

Cazzo, cazzo, cazzo.

«Bobby.» Grazie, cazzo – Carlo aveva risposto.

«Ho la tua ragazza...»

Gridai al telefono «Se le torci un capello, ti stacco la testa dal collo, coglione.»

«Ehi, Ehi, Ehi. Giù le zampe. Non te la tocca nessuno, *cugino.*»

«Se l'hai spaventata...»

«Forse *un po'*. Hai paura, Lexi? Scusa. Sta bene. Vacci piano, cugino.»

«*Dove siete?*»

«Nella mia Range Rover, di fronte all'edificio dell'FBI.»

«Resta lì. Non muoverti. E non toccarla, cazzo.»

«Calmo. Vacci piano.»

Non mi fidavo dell'approccio conciliante di Carlo. Quello lì sapeva essere spietato. Magari era anche armato in quel momento. O aveva un cappuccio sulla testa. Il pensiero che fosse agitata o spaventata a causa sua mi fece premere il pedale dell'acceleratore.

«Non te la tocchiamo, dai» insistette Carlo. «È in macchina per due chiacchiere fra amici.»

«Ti uccido, testa di cazzo.»

«Bobby è sconvolto. Digli che stai bene.»

«Bobby?» La voce di Lexi suonava soffocata. Avrei voluto dare un pugno al cruscotto. «Non ho detto nulla. Lo sai, vero?»

«Certo che lo so, piccola. Sono quasi arrivato, e poi gli stacco la testa dal collo perché ti ha toccata, cazzo.»

«Sto bene, Bobby.»

Fu la prima volta che riuscii a espirare da quando avevo riattaccato con il don. «Ho bisogno di vederti, tesoro. Mi dispiace tanto per quello che è successo.»

«Basta, *cugino*. Devo riagganciare» mi interruppe Carlo. «Il don mi sta chiamando.»

La chiamata terminò e il cuore mi si agitò in petto. Dovevo arrivare prima che Al desse a Carlo ordini su Lexi.

✳ ✳ ✳

Lexi

«Bobby adesso ci vuole tutti morti» disse con un sorriso il giovane con l'accento italiano, come se una minaccia di morte fosse divertente. Era al volante della Range Rover, mentre io me ne stavo sul sedile posteriore tra Tommy e Junior.

Sentire la voce di Bobby, sentirlo gridare al telefono per difendermi mi riempì gli occhi di lacrime.

Il ragazzo davanti ricevette un'altra telefonata ma

parlò in italiano, quindi non riuscii a capire cosa stesse dicendo, anche se ero sicura che si trattasse di me perché continuava a guardarsi alle spalle.

«Forse dovreste lasciarmi andare» suggerii quando mise via il telefono. Questi qui mi avevano spaventata di brutto, e per un buon quarto d'ora non ero stata sicura di sopravvivere, ma ora avevano l'aria mortificata. Era vero che non ero ferita, solo scossa. Mi avevano interrogata su quello che era successo con l'FBI e io gliel'avevo detto, ripetendolo tre volte fino a quando finalmente non erano sembrati soddisfatti.

Probabilmente era andata meglio del previsto perché non sembravano sapere che avevo rotto con Bobby. E io non gliel'avevo detto.

«No, no. Rimani in macchina. Bobby sta arrivando. Dovrà vederti illesa per calmarsi.»

Improvvisamente lo sportello del sedile posteriore quasi volò via dalle cerniere. Bobby se ne stava lì come un gladiatore, pronto a uccidere.

«Esci, *stronzo*.»

Afferrò Tommy per la camicia, lo buttò fuori dall'auto.

«Ehi, calmo, capo. Sta bene.»

Junior mi spinse verso il mio soccorritore, lontano da lui.

Caddi fuori dal SUV, tra le braccia di Bobby. E apparentemente non volevo che mi lasciasse andare, perché gli avvolsi le gambe intorno alla vita e le braccia al collo, aggrappandomi a lui come un koala abbraccia la mamma. «Bobby» ansimai.

«Lexi, tesoro. Oh, bambina, mi sei mancata tantissimo. Stai bene?»

Si stava già allontanando dal SUV e dai soci, ignorando le loro grida. Mi portò alla sua macchina, dove mi fece posare i piedi a terra. «Piccola, mi dispiace tanto.» Mi scostò i capelli dal viso. «Non ho mai voluto che rimanessi invischiate in queste stronzate. Non sarebbe dovuto succedere.»

Ma a me non interessava quasi nulla. Né dell'orribile giornata con l'FBI. Né dello spavento che mi ero presa per colpa dei suoi. Sapevo solo che era meraviglioso stargli di nuovo tra le braccia. Sentire la sua voce. Essere la destinataria del suo sguardo sexy, mentre la sua familiare delicatezza filtrava nel trauma dell'ultima settimana. Il mio cuore spezzato, dopo che l'avevo lasciato.

«Non è colpa tua.»

Scosse la testa. «Invece sì. È solo colpa mia, piccola.» Mi prese il viso, accarezzandomi entrambe le guance con i pollici. «Tu sei importantissima per me, e ti ho fatta sentire una persona di serie b. Avrei voluto prendermi a pugni in faccia, piccola. E ora anche questo.» Lanciò uno sguardo cupo all'edificio dell'FBI.

«Non ho parlato. Volevano che tornassi insieme a te coi microfoni. Mi hanno detto che mi avrebbero perseguita per frode fiscale perché non ho dichiarato le mance. Ma non lo avrei mai fatto.»

«Mi dispiace tanto. Sono cazzate, e me ne occuperò io. Qualunque problema fiscale abbiano inventato, lo farò sparire. Non lascerò che ti usino per arrivare a me.» Abbassò il viso verso il mio, finché i nostri occhi non s'incontrarono. «Mi dispiace tanto. Non avrei mai voluto che rimanessi invischiata in questa roba.»

«Probabilmente è colpa mia: quella sera ti ho chiamato a casa...»

«Ssh. No. È colpa mia. E sistemerò tutto. Che tu mi rivoglia o no, ok?» Mi strofinò le braccia. «Ti amo, e non permetterò che ti prendano di mira. Non sei costretta a venire a letto con me né a diventare la mia ragazza. Me ne occupo io.»

Sbattei le palpebre, il respiro bloccato in gola. «Eh... cosa?»

Mi cullò il viso. «Ci penso io.»

«No, aspetta un attimo. Prima.»

Il sorriso di Bobby racchiuse un mondo di rimpianti. «Ti amo, Lex. Scusa se ho fatto il coglione. Avrei dovuto dirti che sei più di un accordo. Non...» Scosse la testa. «Mi dispiace di averti ferita. Sono... un po' tirato quando si tratta di relazioni. Mi piace avere il comando in camera da letto, e così mi sembrava di possederti. E so che è intrinsecamente irrispettoso, ma in realtà non intendevo mancarti di rispetto. Questa settimana senza di te mi ha fatto capire che quello che io e te avevamo – che abbiamo – è speciale. Va ben oltre un accordo stretto per farti stare a casa mia. E funzionerebbe anche senza strutture di potere. Tu mi capisci. E io capisco te. E ci piace adattarci l'un l'altra. E mi dispiace se ti è sembrato che non ti ritenessi degna di farmi da fidanzata o moglie. Non è così. Ti sposerei anche stasera, se volessi. Ti rivoglio, Lex, in qualsiasi modo. Alle tue condizioni.»

Un paio di lacrime mi scesero sulle guance, ma il mio

cuore si rasserenò, come se le catene che lo avevano stritolato per una settimana si fossero spezzate e ora potesse espandersi fino a riempirmi tutto il petto. «Anch'io ti amo» sussurrai.

Mi afferrò, stringendomi contro il suo petto così forte che non riuscii a respirare. «Mi riprenderai?»

«Sì» gracchiai.

Mi spinse in macchina e si mise al volante.

«Dove andiamo?»

«Tu dove vuoi andare?» ribatté.

«Se ti dico che voglio essere tua moglie, mi sposi subito?» azzardai.

Annuì. «Probabilmente dovremo tornare a Las Vegas perché qui è troppo tardi, ma sì. Assolutamente.»

Sorrisi. «Ma no. Stavo solo controllando.»

Mi prese la mano e si portò le mie dita alle labbra. «Va bene. Allora cosa vuoi?»

«Posso trasferirmi a casa tua? Le tue figlie vivono con te?»

Annuì. «Sì. È questo che vuoi? Sarebbero felici se tu venissi a stare da noi.»

«E tu ne saresti felice?»

«Ti voglio, piccola. In qualunque modo tu voglia.»

«Sarai ancora il capo?»

Il suo volto rimase perfettamente inespressivo. «Sei tu che comandi.»

«Non mi trasferisco da te.»

Bobby si fermò, lo sguardo fisso sul mio viso. «No?»

Se non lo avessi conosciuto bene, avrei detto che era preoccupato, come impaurito che avessi cambiato idea.

Scossi la testa. «Rivoglio casa mia. Ho bisogno di uno sugar daddy.»

Curvò le labbra in un sorriso. «Ah sì?» Colsi dell'eccitazione nel suo tono. «E pensa che io stavo proprio cercando una sugar baby.»

«C'è... una sorta di audizione?» lo stuzzicai.

«Non per te, tesoro. Ti sei già dimostrata più che qualificata. Ma ci saranno delle clausole.» Agitò le sopracciglia scure.

«Mi sta bene. Mi piace essere posseduta. Comandata. Una rispettosa mancanza di rispetto.»

Mi afferrò la nuca e mi tirò verso di lui per un bacio possessivo e rude. «Mi sa che abbiamo stretto un bell'accordo.»

«Ho alcune clausole anch'io.»

Allargò le mani. «Ti prego, dimmele.»

«Ho bisogno di sapere che sono degna di matrimonio.»

«Tesoro, sei più che degna di matrimonio. E così tanto che potrei trascinarti a Las Vegas stasera stessa, che tu lo voglia o no.»

Risi. «Intendevo come accompagnatrice.»

La sua espressione assunse un'aria pentita. «Lo so. Naturalmente. Sei la mia accompagnatrice per qualsiasi cosa tu voglia. Sei la mia compagna.» Puntò la testa verso l'edificio dell'FBI. «Sappi solo che ci sono cose che cerco di tenere separate, per la tua protezione.»

Lo stress della giornata mi ripiombò addosso, lo stomaco mi si torse. «Sei nei guai, Bobby?»

«No. Sono blindato, tesoro. Non troveranno nulla di

cui imputarmi. Non ti avrebbero presa di mira, se avessero avuto qualcosa.»

«Quindi... sei al sicuro? Non andrai in prigione o in tribunale?»

«Sono al sicuro. Non preoccuparti. Potrebbero trovare qualcosa solo se Stacy gli dicesse che le ho messo le mani addosso. Ma non credo che parlerà.»

Un'altra catena intorno al mio cuore si ruppe. «Grazie a Dio.»

«Ho un'altra clausola.»

«Quale?» chiesi.

«Non puoi andartene di nuovo.»

Sorrisi, seducente. «Quindi sarò tua prigioniera?»

«Esatto» disse. «Non ti lascerò andare mai più.»

«Posso accettarla, dai.» Mi voltai verso di lui. «Sono disposta a essere di proprietà di Bobby Manghini. A giocare al suo gioco. Non per disperazione finanziaria stavolta, ma perché lo scelgo io.»

Bobby avviò la macchina. «Ti riporto a casa tua.» disse. «Ho una gran voglia di farti delle cosette che ti facciano dimenticare tutto il male di questa giornata.»

Sorrisi. «E ne ho una gran voglia anch'io.»

Bobby

Nel momento in cui entrammo in camera da letto, catturai la sua bocca, fondendo le mie labbra alle sue mentre la spingevo verso il letto.

«Mi sei mancata.» Mi arrampicai su di lei. Era

davvero incredibile averla di nuovo a casa. Toccarne la pelle morbida. Respirarne il profumo.

Le tirai su la camicia e abbassai la coppa del reggiseno per stuzzicarle il capezzolo con la lingua. «Non hai idea di quanto mi sei mancata.» Feci roteare la lingua sulla punta del capezzolo, infilando il ginocchio tra le sue gambe, dondolando i fianchi sopra i suoi.

Feci scorrere la lingua sulla punta del suo capezzolo, poi lo succhiai profondamente in bocca prima di mollarlo bruscamente e sfiorarlo con i denti.

Lexi ansimò a quell'assaggio di dolore, poi gemette quando tornai a compiacerla. Le accarezzai la pancia, scivolandole dentro pantaloni e mutandine, dove le piegai un dito dentro.

Lexi mi avvolse le braccia intorno al collo, inarcandosi contro di me. Gemetti e le strappai i pantaloni, tirandoli via dalle gambe e gettandoli a terra. Le tolsi la camicia, lasciandola con nient'altro che il reggiseno di pizzo nero e le mutandine. Mi sedetti per godere del suo panorama. Il corpo lussureggiante mi implorava di fargli cose cattive. Sembrava un evento sacro, degno delle lodi di Dio o di una preghiera in ginocchio.

Mi slacciai la cintura e la tirai via dai passanti, quindi la avvolsi attorno ai polsi di Lexi. La assicurai al montante del letto, poi le tirai giù le mutandine e le aprii le gambe. La leccai dentro, esplorando le sue morbide pieghe, con tutta calma, fino a quando non gemette e non si contorse, tirando i legacci. Le infilai un dito dentro nello stesso momento in cui le palpeggiai il seno, facendola contorcere sotto di me. Poi spinsi due dita a fondo, il pollice trovò il clitoride e lo picchiettò.

Roteò i fianchi per portarmi più in profondità, piagnucolando per il piacere.

Ritirai le dita e mi sedetti, tolsi la giacca del completo, i pantaloni e poi i boxer, e srotolando un preservativo. Avrei dovuto rallentare, ma non ci riuscivo. Avevo bisogno di lei tanto disperatamente quanto Lexi sembrava volermi. La spinsi di lato e immersi l'indice nella figa, rivestendolo del suo lubrificante naturale, poi le separai le natiche e trovai l'ano. Le diedi poco tempo per adattarsi all'idea prima di spingere, vincendo la resistenza del suo buco stretto e scopandola lì.

Il suo gemito fu sfrenato, e gli occhi custodivano il tipico sguardo di panico pre-climax. Mi allungai per slacciare la cintura che le legava i polsi. «Alzati» ordinai. «Ora vienimi sopra.»

Si mosse lentamente, come disorientata, smarrita nella passione e nella sottomissione. La guidai fino a metterla a cavalcioni, rabbrividendo quando il suo calore umido mi avvolse il cazzo. Le strinsi il culo per incoraggiare un ritmo armonioso.

Era selvaggia, coi capelli sul viso, i seni fuoriusciti dal reggiseno, l'espressione che rivelava un bisogno animalesco. Mantenni il ritmo, anche se sapevo che aveva un disperato bisogno di venire. Le infilai di nuovo un dito nel culo e il suo nucleo si strinse attorno al cazzo. Strinse i denti e le sfuggì uno stridio continuo e basso, e io la tirai più forte, affondando in profondità dentro di lei fino a quando non andò quasi in pezzi, tenendomela stretta mentre le infilavo il dito dentro e fuori dal culo.

«Adesso, Lexi!»

Lei urlò, un suono dal profondo della gola, e i muscoli vaginali strinsero la mia lunghezza fino a quando entrambi non ci ritrovammo a cavalcare i nostri stessi orgasmi. Sfilandole il dito dal culo la tirai giù, tenendola stretta mentre entrambi riprendevamo fiato. Quando il battito del suo cuore contro il mio petto rallentò, sollevò la testa. «Ti amo.»

Abbassai le palpebre. Sentire quelle dolci parole uscirle dalle labbra fu persino meglio del sesso. Perché avevo sempre opposto resistenza all'attaccamento emotivo? Mi ero negato tutte le possibilità. Fare mia Lexi – possederla – perché lo trovavo sexy– era più di una disposizione fisica.

Si trattava di catturarne il cuore.

Di prendersi delicatamente cura della sua anima dolce e sensibile. Si trattava di dare tutto, così da poter avere tutto. «Ti amo tantissimo, cazzo» ringhiai, facendola roteare sulla schiena per baciarla brutalmente.

Epilogo

Janine e Juliana mi aiutarono a sceglierla; una di loro portò l'auto all'appartamento e l'altra ci seguì per riportarla a casa.

«Non possiamo essere presenti quando gliela dai?»

«Mi dispiace, ragazze. Alcune cose sono private. Grazie per il vostro aiuto, però. Farò sapere a Lexi che l'avete scelta voi.»

Le avevano scelto una nuova Mercedes Cabriolet blu scuro per il compleanno. Lei diceva di non aver bisogno di una macchina, ma sapevo che così la sua vita sarebbe stata più semplice, e prima si lasciava alle spalle le paure residue dell'incidente, meglio era. Stavo cercando di alleviarle tutte le fonti di stress, una per una. Il mio avvocato aveva fatto archiviare il caso di frode fiscale prima che arrivassero le accuse. Avevo anche provveduto alle false imputazioni.

Mi aveva confessato delle spese mediche. E io avevo

cancellato anche quel debito. Sia l'Agenzia delle entrate sia l'FBI avevano abbandonato le indagini dopo che non erano riusciti a trovare nulla di incriminante su di me né sul sindaco.

Carlo aveva parlato con Stacy fuori dall'edificio dell'FBI, il giorno dell'interrogatorio. Non sapevo per certo cosa si fossero detti, ma da allora non avevo più avuto sue notizie.

Prendermi cura di Lexi mi faceva sballare ancora, ma non più per l'aspettativa di esercitare potere su di lei. Ora nasceva dal genuino desiderio di esprimere il mio amore, di dimostrarle quanto l'amavo. Certo, facevo ancora giochetti di potere ogni volta che ne avevo la possibilità.

Salii con l'ascensore, giocherellando con la chiave che avevo in tasca, sorpreso di quanto fossi nervoso. Speravo proprio che le piacesse. Aprii la porta e la incrociai mentre usciva dalla camera da letto per salutarmi con un gran sorriso in volto. Le porsi un mazzo di rose e gigli, poi tirai il suo corpo contro il mio, dando un bacio sensuale alle sue labbra lucide.

«Buon compleanno» mormorai.

«Grazie.» Premette il seno contro le mie costole. Le feci scorrere le mani lungo i fianchi e le tracciai dei cerchietti sul culo perfetto. «Il tuo regalo è in macchina. Sei pronta?»

«Sì! Lasciami solo infilare le scarpe.»

Le scarpe erano un paio di sandali azzurri con un tacco platform sottile che le scolpivano alla perfezione i polpacci.

«Sei bellissima.»

Le misi una mano sulla schiena per accompagnarla fuori. Chiacchierò durante il tragitto in ascensore, ma onestamente non sentii una parola, perché stavo pensando al regalo. Speravo che il pensiero di guidare non la intimidisse troppo, di non riaprirle una ferita. La condussi al garage, dove si trovava la nuova auto con un gigantesco fiocco bianco legato sul tettuccio.

«Prendiamo questa» dissi quando girammo l'angolo e ce la ritrovammo di fronte.

Si fermò, spalancò gli occhi e poi la bocca. «Oddio! È per me? È mia?»

«Sì.» Avevo la bocca secca. Chissà perché ero così nervoso: mica era una proposta di matrimonio. «Voglio che ricominci a guidare. Ma ci sono dei vincoli.»

All'inizio non rispose; si stava ancora adattando allo shock del regalo da ottantamila dollari. Dopo alcuni istanti, si girò per guardarmi, la bocca curva in un sorriso seducente. «Quali?» Fece scivolare una mano sul rever della mia giacca.

«Sto pensando a cose tipo come un pompino a settimana e...» Estrassi un girocollo d'argento dalla tasca e lo alzai. «Indosserai un collare. Significa che ti possiedo.»

La collana era composta da una serie di grandi sfere d'argento, un pezzo di buon gusto, contemporaneo, abbastanza elegante da essere indossata ovunque.

«Ma mi possiedi già.» Mi voltò le spalle, sollevando i capelli dal collo in modo che gliela mettessi.

«Sì.» Le baciai il collo. «Ma ora avrai il collare a dimostrarlo.»

«E cosa succede se dimentico di indossarlo?» Si girò verso di me con una scintilla maliziosa negli occhi.

Le afferrai il culo con entrambe le mani e glielo impastai bene. «Arriva la punizione, piccola.»

«Mmm» mormorò. «Promesso?»

La spinsi contro la macchina, stringendole il seno in una mano mentre le tiravo indietro la testa e le mordevo il collo. «Dovrei scoparti proprio qui in questo garage, bambina. Sbatterti sul cofano della tua nuova auto. Così ti sarebbe più facile ricordare di chi sei, vero?»

Squittì.

Una macchina entrò nel garage e mi scostai. «Sei fortunata» dissi, la voce roca. «La prossima volta lo faccio sul serio, testimoni o meno.» Le pizzicai i capezzoli, che sporgevano attraverso l'imbottitura del reggiseno. «Sali in macchina.»

Fece per andare al sedile del passeggero.

«Dal lato del conducente, sciocchina.»

«Ah! Vero. Fai guidare me?»

«È tua, no?» chiesi, ma sapevo cosa intendeva. «Ti lascio guidare solo stavolta.» Feci l'occhiolino.

Lei si toccò il girocollo, girandosi per guardarmi. «Bobby... grazie.» Nei suoi occhi brillavano delle lacrime. «Non riesco a decidere quale mi piace di più.»

Le sfiorai la guancia con il dorso delle dita. «Sono contento che ti piacciano.» Annuii. «Ti amo.» La cinsi con un braccio e le cullai il suo viso per un tenero bacio. «Ti amo, Lexi. Ti terrò con me per sempre.»

Si mise in punta di piedi per un altro bacio. «Sarà meglio» sussurrò.

Vuoi saperne di più? Non tentarmi

Non tentarmi (Serie Uomini d'onore, libro 2)

La Famiglia ha ucciso mio padre.
Ha distrutto la vita di mia madre.

Ora il suo principe ereditario vuole me.

Sono cresciuta all'interno della Famiglia, ma non sono una principessa della mafia.

Sono il rifiuto a cui gettano le briciole dopo l'omicidio di mio padre.

Ora Joey LaTorre si presenta alla mia porta e non accetterà un no come risposta.

È il cattivo ragazzo per cui ho avuto una cotta da adolescente–

Pericolosamente bello.

Deliziosamente dominante.

Ma non posso innamorarmi di uno come lui. E non lo farò.

Non tornerò mai tra le fila di *Cosa Nostra*.

Anche se lui riesce a scoprire come sbloccare ogni segreto del mio corpo...

Devo tenerlo lontano dal mio cuore.

Questo romanzo stand-alone è una versione rivista e più lunga della storia precedentemente pubblicata The Bossman.

Nessun trucco, nessun finale in sospeso. Lieto fine garantito.

Leggi Ora

OTTIENI IL TUO LIBRO GRATIS!

Iscrivetevi alla newsletter di Renee per ricevere Indomita, scene bonus gratuite e notifiche riguardo a nuove pubblicazioni!

https://subscribepage.com/reneeroseit

Altri libri di Renee Rose

https://reneeroseromance.com/italiano/

Uomo d'onore

Non provocarmi

Non tentarmi

Non costringermi

Chicago Bratva

Preludio

Il direttore

Il risolutore

Posseduta

Il sicario

Il soldato

L'Hacker

L'allibratore

Il pulitore

Il playboy

Vegas Underground

King of Diamonds

Mafia Daddy

Jack of Spades

Ace of Hearts

Joker's Wild

His Queen of Clubs

Dead Man's Hand

Wild Card

Wolf Ridge High

Alfa Bullo

Alfa Cavaliere

Alfa ribelli

Tentazione Alfa

Pericolo Alfa

Un premio per l'Alfa

Una Sfida per l'alfa

Obsession Alfa

Desiderio Alfa

Guerra Alfa

Missione Alfa

Tormento Alfa

Segreto Alfa

La Preda dell'Alfa

Wolf Ranch

Brutale

Selvaggio

Animalesco

Disumano

Feroce

Spietato

Due Segni

Indomita (gratuito)

Tentazione

Deseada

Sedotta

Padroni di Zandia

La sua Schiava Umana

La Sua Prigioniera Umana

L'addestramento della sua umana

La sua ribelle umana

La sua incubatrice umana

Il suo Compagno e Padrone

Cucciolo Zandiano

La sua Proprietà Umana

La loro compagna zandiana (gratuito)

L'autore

L'autrice oggi bestseller negli Stati Uniti Renee Rose ama gli eroi alfa dominanti dal linguaggio sboccato! Ha venduto oltre un milione di copie dei suoi romanzi bollenti, con variabili livelli di erotismo. I suoi libri sono comparsi su *USA Today's Happily Ever After* e *Popsugar*. Nominata *Migliore autrice erotica da Eroticon USA* nel 2013, ha vinto come autrice antologica e di fantascienza preferita dello *Spunky and Sassy*, come miglior romanzo storico sul *The Romance Reviews* e migliore coppia e autrice di fantascienza, paranormale, storica, erotica ed ageplay dello *Spanking Romance Reviews*. È entrata dieci volte nella lista di *USA Today* con varie antologie.

Iscrivetevi alla newsletter di Renee per ricevere scene bonus gratuite e notifiche riguardo a nuove pubblicazioni!
https://www.subscribepage.com/reneeroseit

facebook.com/Autrice-Renee-Rose-101548325414563

instagram.com/reneeroseromance

tiktok.com/authorreneerose